i

为了人与书的相遇

小行星掉在下午

沈大成 —著

GUANGXI NORMAL UNIVERSITY PRESS
广西师范大学出版社

目　录

世上最美的电影明星

有段时间因为穷，我与人合租。

那天我带着简易行李，房东领着我，我们走进一个破落的建筑群，它由几栋公寓交错构成，每栋楼的局部与其他楼粘连，楼与楼之间有连接走廊。我们从其中一栋公寓大门走进来后，发现在它内部，任何地方都没有指引性标志，以说明我们身在何处和前方通往哪里。我们经过许多条走廊，房东无规则地推开走廊上一些像是房间门的门，门里却是另一段走廊，不然就是一段楼梯，一律地砖肮脏，有粗有细的管线裸露在头顶，我们如在深长迂回的公寓肠子中行走，去寻找出租的屋子。"就在前面。"每隔一阵，房东转过头来鼓励我。

在空气不流通，味道很复杂的公寓中，遇见零星的住户，他们在又像房门又像走廊门的门中进进出出，一忽儿出现，一忽儿不见，样子都不整洁，颇潦倒。而我们继续曲折地走，上上下下地走。就之前我在路对面所观察到的建筑群的外观来说，去哪里都不像需要走那么久，不得不怀疑房东其实迷路了，一直带着我错误地绕行，他那句"就在前面"，说不定是在给自己打气。

我随之想到，这里的房东不可能全部收到房租，有些房东来收钱，意志薄弱，或是身体怕累，走一走，找不到自己的房子，当然也就找不到住在里面的房客，他也就认命地从最近的出口退出去，迷茫地走到大街上，回了家吧。即使是方向感出色、做事又有一股韧劲的房东，听说他要上门收钱，房客利用地形及时走避就行了，使他扑个空。

我想太好了，这里适合穷人租。

因此还没看到房间，我已经决定住下来。其后的经历证实了猜测，我的房东属于收租意志不强烈的人，自这天以后我再没有见过他，从而省下了一笔钱，这笔钱虽然不道德，在帮我渡过难关这方面却起了正面作用。后来，一等我的经济情况复苏，我马上搬出这儿，搬到外面格局正常的住宅中去了，然而每当回忆起这片建筑群，我总感谢它，因它悄悄地袒护了穷人，以及出于穷以外的原因住在这里的人。这些是后话了。当日我们终于找到了地方，显然，房东在那一刻非常欣慰，他迫不及待地与我握了握手便告辞了。

房东的房子里还有别人。一位室友比我更早地住好了。

我的室友不占用唯一的卧室，落脚在客厅，在我们整个合租期间，他栖身在比他高大的身躯短一截的沙发上，他在其他方面也一样，从不见他多占有什么。他想坐时坐着，想睡时弯着身体睡，想站起来走动走动时，首先要把通过沙发皮革面的无数裂缝钻出来的填充物碎屑从衣服上拍走，而当他再次坐或躺回去时，沙发就由深处发出一声叹息，伴随这声叹息呼到空气里的，是新出现的旧海绵碎屑、旧布头碎屑，它们纷纷从老化了的牛皮的裂缝里跑出来，一半化为一团轻烟喷到空中，一半则直接吸到他的衣服、胡须和头发上面，随后，轻烟也落下来，在下落过程中常常受一扇窗户的光照，闪闪发亮，最后所有废料一丝不少地全部附在了他身上。

这一幕，假如围绕我发生，我肯定会像是受到捉弄的拾荒人，可怜可笑。但廉价材料制造出的戏剧化效果，竟然适合他，实际上，任何效果都会烘托他。金子的成色不因它放在灰里而改变。经过冤枉的长途跋涉后，我站在那儿，第一眼就发现了，透过沙发填充物的碎屑、他枝枝蔓蔓的打结的长发和满脸混乱的胡须，我看出来，他这个人美到了一种程度。

他是电影明星。

我的室友，自愿住在迷宫式公寓客厅破沙发上的电影明星，他少年就成名了。

上世纪末，全球四大影业巨头中的一家公司，追随怀旧片热潮拍摄了一部 *Perfect Blue*。那一流影片有共同特点：主要角色们总是向着过去的方向追梦，也即追逐旧梦。在观众看来，他们现在生活得很好了，理应朝向未来去夺取更有价值的东西，可他们就愿意怀念过去，一个小事件就能触发他们去弥补未完成的愿望。这部影片的内核也一样。男主角为处理遗产问题回到了阔别的故乡，故乡在极北之地，到了那里与别人谈了些话和做了些他意料中的无聊事后，他想暂时摆脱惆怅，因此骑着雪地摩托离开村庄兜风。驶过相对平坦的雪地，爬上山坡，经过山坡上的林地。白杨树灰白树干上的疮疤，像眼睛似的一颗一颗接力盯住他看。松软的雪被摩托车履带向后方及两边抛起，他浅浅分开一层雪，一直往前飞驰。迷人的风光。深情的音乐。过了一会儿，他在山上一处视野良好的地方停下，音乐戛然而止，当护目镜被抬到戴着雪帽的额头上的一瞬间，男主角变回了少年。从这里开始，电影展现了一段回忆。

我的室友扮演的正是脱掉护目镜后的少年时期的男主角，他由于和成人演员长得相似而获得出镜机会，他们都有开阔的额头和很宽的眼睛，略有点鹰钩鼻，但形状秀美。成人演员本身极其帅气，常年登上全球最美名人榜，可少年演员此刻一亮相，太使人享受了，他比亮还亮，覆盖住前者的光芒，观众对他目不转睛。直到少年短暂的戏份结束，电影重回中年部分时，观众看着迷人的主演，却对比美更美的人念念不忘。这是室友的处女作，时年十六岁。

Perfect Blue 后，年轻的室友接二连三地出现在新影片中，扮演的一律是形象鲜明、戏份一闪而过的角色，似乎他本人挤不出太多时间，又或是没多少野心，只是顺应片方的要求简单演演算了，但是每一部都达到了见好就收的效果。再加上导演们爱用精致的镜头表现他的脸、他那上

下都好看的身体，使这些角色给观众留下珍贵的回味。越来越多人盼望他有一部真正意义上体现个人色彩的作品，而就在这时，他到了上大学的年龄，没有解释什么就安静地进入学校，读的是类似管理科学与工程的学科。

人们突然又见到他了，时间是几年后的世纪之交。热卖影片的风向转到了浪漫爱情片上，在一部制作水平中等偏上的片子中，他以光彩夺目的形象回来了，首次担任男主角。人们本来在他读书时忘了这学子，转头去喜欢次一级美丽的演员，又见到他，才知道自己没有忘，不可能忘，是把喜欢他的感觉存起来了，现在把喜欢连同利息一起拿出来，变得更喜欢了。对比从前，他身上的美发生了跃进式的变化：个头高了五厘米，体重增加六公斤以上，肩膀向两边展得很开，手臂更有力，腿更修长；他脸部的轮廓也加深了一点，像在 *Perfect Blue* 里，后来冰雪消融使得山坡的形状更为分明了。他离开片场去校园的目的，似乎是为了利用时间扩大身上可供人享受的范围。现在他成长的结果，通过这部叫《缆车》的影片被大家验收了。至于电影的其他部分，尤其是女演员，人们不高兴多谈。

观众视他为银幕之子，相当宠爱他，对他其后参演的影片都给好评，票房当然是很好的。这时他只在影片中担纲主角了。有一次，处女作中的那位骑雪地摩托的成人演员也在演员表里，演他家族中一位长辈，从剧情角度考虑，没有这个人物也成立，但加上他，便能勾起人们的回忆，可以说，他是专门来给他配戏的。

我们之中有的人会愈加珍惜搞得清起点的感情，知道开头在哪儿的感情便于我们衡量，便于投入，便于约束自己不脱离它，还便于将它继续运营下去。室友拥有广泛的群众基础，道理就在这里——他的美的确是超出现实的，而它的来历有据可凭，大家亲眼见到它在银幕上如何诞生，从而自认和它的拥有者发生了关系。

有件事情可以说明当时他受欢迎的程度。到他二十六岁生日，按照不严格的算法，从影满十周年，是双料纪念日。A影业公司准备替他大办庆祝宴，消息放出去后，与他合作次数同样多的B影业公司，以及在各大娱乐平台掌握话语权的C传媒集团，先后加入竞争。尽管他炙手可热，但在资本面前并非强者，一个都不能推辞。于是在生日当天，我的室友不得不辗转三处，而且为表示对各个主办方的尊重，换了不同的服装。影迷事先研究了他可能的行动路线，蹲守各处，一些人在举办庆祝宴的其中一个酒店的停车场押中宝。夜幕下，一声狂呼，许多人，主要是年轻女人，从黑暗中出现，奔上去截住正悄悄走向酒店 VIP 通道的室友，保镖左抵右挡，但是人们把他们团团围住。人们真像在过节日，很高兴地喊他的名字。保镖们大喊："让开！请让开！"人们更高兴而齐声呼唤他，并不让开，反而胡乱朝他的方向抛掷精心准备的生日礼物。他和保镖结成小圈子努力移动了微弱的距离，包围他们的更大的影迷圈却固若金汤，他们又试着朝另一个方向移动，也不行，几个人就像绝望的细胞核不能突破外面的细胞壁。稍后，正在酒店的空中宴会厅等他的影业公司得到消息，工作人员冲下楼来，与酒店保安会合，两股力量拧在一起，瓦解影迷圈，营救了室友与保镖。大批狂欢的人散去，有一人姿势古怪地倒地不动，黑长发翻到脸上遮住了她半睁的双目，在她身边是一地彩色的纸袋纸盒、踩掉的鞋子，几张由人们带来的明星照也掉落在地，室友在照片上微笑着直视夜空中点点繁星。这位年轻的影迷跌倒后受踩踏，可能发出惊叫但必定是被错当成欢呼中一个声部，她在幸福和恐惧中窒息而死。

当我在沙发扬起的一阵灰中见到室友，他从银幕上消失已有七八年，他是作为一个失踪名人突然被我撞见的。

明星生日令影迷意外死亡的新闻，既登上了娱乐版，又登上了社会版，引发许久的议论，终归是平息了。在那以后，他又遭遇了一些个人无法控制的坏事情，有些是同行诽谤，有些是资本方胁迫，有些的结局像上次那样有人流血丢命，可他都度过去了，仍然锐不可当，保持活力好多年。他的表演经过磨炼，一直有点说不清楚的僵硬，不过总体上一部好过一部，对比起点——他用天然的样子打动观众的雪地戏——后来的演技精致得多。而随着时间流过，美却没有萎缩和变质，他不像别的起初也好看的明星一样用上升的演技代偿衰退的美貌，他两种皆有，节节攀升。因此他永不缺少跟踪狂影迷。一天，有人在一位大导演房子外守候，拍到了室友的照片，室友与他的经纪人结束对大导演的拜访，开车离开。灰T恤，短夹克，黑裤子，黑色皮鞋。他将头发由前额往后做了一次随意的整理，坐进了副驾驶座。这是人们所知道的他最后的行踪。

我求到一个签名，签在从行李中翻出的第一张纸，一张折过的发票的背面。

他现在应该刚刚四十岁出头，公认是演员的黄金年纪，适合诠释复杂的角色，事物的有些复杂性假如由年轻人表现需要交代理由，中年人完全不需要理由。他的皮肤稍微起了皱，眼睛周围放射出细纹，他不再单单使用眼睛去表达眼神，眼睛不动，周围的皮肤可以替眼睛说话。鱼尾纹成了眼神的放大器。同理，抬头纹成了额部表情的放大器，眉间纹是忧郁和疑惑的放大器。这使得他如今的脸可真精彩。

"谢谢。"签完，他轻声客气地说。

我把发票接过来，上面被他一笔圈出一个潦草图形。我还不舍得从他身边退开，磨蹭在那儿，看看发票看看他，赞叹着签名，实际是因为料想从此没有机会再靠他那么近，当时我们几乎身体蹭着身体。我看到，不知怎么搞的，脏发和乱须竟也成了他整张脸的放大器，通过它们，精确传达了藏在底下的神情，是温柔的，包容的。我退开一步，再装作不经意地打量他全身。他的身材变差了，长时间放弃锻炼让脂肪堆积起来，尤其肚子有些大，大得不厉害。可是，就连脂肪都成了他肌肉和骨骼的放大器，协助身体做出微妙的动作。我想天赋叫他得到了一种最好的延续美的办法——假如时间令他产生缺点，他就用缺点做成优点的放大器。

室友大部分时间在家，在家则坐在沙发上，面前摆台小电视机，一部接一部播放老电影，几条白线横贯屏幕，由下至上不停滚动，画面还不时地左右颤抖，叫屏幕中人的上下半身错开，这都不影响他，他一看就是大半天。要是家里没有电视机的声音，那么他多半在睡觉。他像一尊古希腊塑像被人偷回家后横放在沙发上，腿部人性化地蜷起来了。我们相安无事地住着，他是个平静的人。

一天，我抱着两个大纸袋从街角的杂货店回来，纸袋里装着火腿、熏肉、蛋、面包、甜椒酱、咖啡粉、手纸、防水绳、膨胀螺丝等等。走进公寓前，由于没有手，我在门口停了一停，这时有人从我身后伸出长手帮忙拉开公寓门。我转头从两个牛皮纸袋中间看看帮忙的人，说谢谢，他说没关系。我们前后脚走进来了。

这人刚才我在路上看到了，他就站在路边，停停走走，样貌极为普通，有点热情和粗鲁，看起来时薪低于平均线，口袋里装着本周工资，回到我们楼里某个房间后将喝喝啤酒，为应付明天的重体力劳动很早就会上床睡觉。我走了一条走廊，打开一些门，又走另一些走廊，我已经对地形了然于胸，不会迷路。一路上，这人说没关系的声音令我回味再三，它有点耳熟，也因为在漫长的走廊上他始终跟在身后，离开大约三五步远，使我不得不猜疑他。非常接近我住的房间了，我一边走，一边回头再看了他一次，顿时大吃一惊。

这人是我的室友。他刚刚扮演了一个陌生人。

我曾疑惑，一个非常醒目的人靠什么隐藏了许多年，他的样子不是顶顶容易被人目击吗？他每当从沙发上站起来抖落灰，走出我们的房门，走到迷宫一样的走廊上，才走两步，还没走到下一条走廊上，就应该被路过的第一个邻居看穿。娱乐圈可从没遗忘他，至今，"揭秘！不为人知的事件"，"惊世内幕，15个真相开封！"在耸动视听的标题下，他永远是中心内容。有人言之凿凿，他在离开导演家后受到一名疯狂粉丝的袭击，尸骨正躺在河流淤泥里。有人相信他和一桩牵扯政治大人物的非法交易有关，一得到警告就往热带逃亡了。也有人绘声绘色地说，他追求更美，接受了高风险整容手术，毁容后隐居在以前用巨款购置的豪宅里，夜里发出属于伤残动物的嚎叫。

　　未料谜底如此朴实。室友靠演技避人耳目，既不需要化装，也不需要道具帮忙，他能够扮演任何别的人。他终于成为真正的演员。

　　我们在这天之后，仅有一次较长的聊天，谈到他消失那晚所发生的事。他把电视机音量关闭，只留既上下滚动又左右颤抖的老电影画面，代替了黄昏降临时应该及时开的灯。

　　据他说，他当时得到一个机会，和我们所知道的那位大导演谈一部新片。大导演是个有名的聪明矮子，老了以后脖子非常短，性情难以捉摸，挑剔很多。这是一次私下见面，因此他只和经纪人单独前去。聊起剧本后，矮子导演讲到一处他认为关键性的、必须成就影片品质的情节，并且提到一个老一辈的演员名字，认为放眼圈内唯有他年轻时才能演出符合自己设想的气势。他们就此情节讨论了一会儿，对室友的理解，矮子导演总是否定：不对不对，大错特错！语气中灌满了轻视。

　　一个小时后，矮了导演做出会面结束的露骨暗示，室友与经纪人立刻起身走了。

他们坐上车，经纪人再三对室友说，不要在意，缺脖子的老头子会回心转意的。就算他最后用了别人，那又怎么样，经纪人说，我们手里的好本子你可以再演八十年。但是室友非常想接这部戏，他在过去，从没有什么是个人真正想追求的，总是在满足资本、经纪人和影迷。就在那一晚，在轻蔑的拒绝下，反而热切地想要演矮子导演的戏。第一次，他的表演胃口完全打开了，想一口吞下那个角色。

"那究竟是个什么角色？"我问。

随着室友的讲述，他身体的各部分向内塌缩，缩到原来一半体积，小脚悬离地面，脖子陷进肩膀，使一颗刻薄的头直接架在窄肩上，一个老头子歪歪斜斜地倒在沙发中。而当说到经纪人的意见时，老头子被一阵内部开始的膨胀摧毁了，很快变得头大身圆，胖脸上浮现肿眼泡，一圈软肉从下巴处弹出。再一次，室友身体的方方面面向着原尺寸变化，停下后成为他自己。我亲眼见到他真实地变了三趟，但是我也想，可能他从头到底并未变形，他靠奇异的表演才能，使我产生以上印象。他听了我的话，没有回答。

等了一会儿，我听见他把问题轻轻推开，"角色并不重要。"他的声音十分柔软，能够附着在任何从它附近经过的事物上。他又说起了那晚："离开后不久，我冷静下来，第一次确认了一个问题：我讨厌我的长相。我还得出一个结论，导演也讨厌它，它妨碍了他'成就电影的品质'。因此，'有没有什么办法克服我的缺陷，找到表演的真谛'，是我以为更重要的事情。"

此后室友便没有说什么了，没有解释他如何住进这里，这些年靠什么磨炼演技到此地步。他被电视机跳跃的光往墙上投了一个莫测的影子，在我眼前摇曳。

过后有一天，就是在我的财务状况变好搬出去后又过了很久的一天，我路过公寓，想进去看看。我不能忘记我的室友，一个具有别人求之不得优点的人竟把自己流放在那样的境地，每每想到这个，什么虚伪的电影也看不下去，一直珍藏着签名发票。我想他如今想要演什么便可以演什么，他已经深入迷阵找到了表演的真谛，但或许正因为找到了，也便终止了行动。留在里面，还是走出去争回荣誉，对他而言无所谓了。他寻求和守护的是事物的本质，他美而且高尚。后来我推开公寓门，走了极久极久，无论如何也找不到住过的房间。"就在前面"，房东的声音复现了，"就在前面"，但我知道，我无法到达了，这里选择性地只为一些人提供方便，它已不属于我。

配音演员

她帮了邻居的忙。

当时，邻居太太带着两个孩子，是两个年龄差不多的男孩子，三人从街边转过来，走到大楼门口，大一点的男孩不愿意进去，突然挥舞着胖手跑开了，嘴里喊，"一只狗。"他用兴奋的颤音喊，就在家门口扔下妈妈和弟弟，去追一条沿着灌木丛跑过去的狗。孩子和狗跑去的地方，是那种在世界各国很多皇室建筑的前面都能看到的小花园，里面有修剪成立方体的植物，布置成迷宫，不过它的尺寸是迷你的。"停！"邻居太太对逃走的儿子下命令，同时富有经验地摁住另一个儿子的脖子，否则他也想去追狗，他是大孩子的跟屁虫。

她正好在那里，帮助看护了较小的孩子，以便邻居人太敏捷地跑去捉拿较大的小孩。后来四个人一起上楼，大楼内部装饰古典，走在那道螺旋形状的楼梯上，像在很大的鹦鹉螺的螺壳里打转。孩子们走在前面。大孩子接连不断地向小孩子描述那条狗，为狗编出奇幻故事，小孩子需把脚抬得很高才能登上一级楼梯，走得气喘吁吁然而投入地听哥哥说瞎话。

另一组交谈在两个成人间进行。主要是邻居太太讲话——谢谢她帮忙，提起一些家庭琐事，抱怨小孩子顽皮，虽然也是人却不怎么好理解，下一秒的行动和上一秒脱节。不管邻居太太说什么，她只是发出支支吾吾的，或者是空空洞洞的回应，比如"哦，是吗"这种。一起在鹦鹉螺里转了几圈，她先到达了自己住的楼层，停了下来。邻居太太再次及时地把手摁在小儿子脖颈后面，驱使他继续往上爬，因为他又一次流露出想跟别人去玩的意思，他真是一个随和的小孩。

第二天早上，她一打开门，有三颗饱满的水果挂在门外。水果袋子里附着一张卡片，孩子们在上面写写画画，表达了感谢。两户人家就此算作朋友了。

她中年单身，邻居夫妇加小孩共四人。双方的规模是不对等的。当邻居太太以后又碰到她，每次闲聊起来，交谈也是不对等的。邻居太太一开口就如一台塞满的大冰箱忽然面朝人敞开，生活内容与生活气息向她扑面而来，所以她倾听时不烦。而在她这方面，由于她的眼神善于跟随说话的人温和移动，脸上总是挂着笑容，也时常果真笑出声音，再加上做一点简略的回答，所以显得没有缺席谈话，于是过了很久邻居太太都没发现，其实她从没有真正说过些什么。

她不多说话，一方面是现在没什么好说的，一方面她怕被认出来。

她是一部长寿的动画连续剧的配音演员。好几代人是它的观众。邻居夫妇自己从小就看它，他们各自的父母从小也看它，连他们各自已经去世的外祖父母也是看着它长大的，而且往上还能追溯。现在，轮到他家的两个小孩接着看。迄今它已经播出超过两万集了。

动画片主要描写一个小羊家庭，剧名就叫《小羊之家》。小羊家庭里的父亲是岩羊，头顶一对雄伟的弯角，它那可以胜任在悬崖峭壁上自由跑跳的身体极其健美；母亲是绵羊，身体软绵绵的，身覆丰盛的白色卷毛，没有角，一对形状秀美的粉红色大耳朵斜着向两边天空张开，每当情绪波动时耳朵轻轻颤抖。同科不同属的两羊，理论上不能结婚，不过由于这是动画片，逻辑经不起推敲也没关系。两羊的性格同外形正相反，父亲性情闲散，喜欢说自以为幽默的话，做事上面却是窝囊废。母亲在每一集里都对丈夫施以知情者的精准嘲讽，在丈夫有所行动之前就预言它将犯错，而且全都不折不扣地说中了。为了弥补丈夫动手能力的不足，它总是交替捋起自己两条前腿上的羊毛，那像一副袖子，亲自去解决问题。羊父羊母永恒地年轻着，育有一大群孩子，是各种品种的小羊。从毛毛羊到光秃秃的羊，从大角羊到无角羊；有白的有黑的；有的一看是小羊，有的则不像，像小狗或小狮子。有时一集里仅有三两只小羊，有时却是浩浩荡荡一大片，出现几只视这集需要多少个角色而定。总之小羊成谜，也不合逻辑，但动画片经不起推敲就真的没事。

　　小羊家庭演绎了一些拟人的生活片段。最早一任创作者怀有强烈的针对儿童搞笑的意愿，造成风格低幼，后来的历任创作者们又有不同想法，主导权落在谁手中，谁就赋予它自己喜欢的风格。有一段时间它含义晦涩,看了摸不着头脑;后一段时间,呈现一种无聊的欣快感,看完心态消极;又有一段时间,羊变得粗俗和歇斯底里,看了直叫人皱眉。总的来说,艺术价值不高,它从来不是任何时候最好的动画片。它的价值体现在播放时间长,像一列穿过山谷的列车,无论经济起落、潮流变幻,它以每周播出二至四集的速度,坚定而笔直地穿过时代,贯穿了好几代人的生活。

它并且做成一件很难的事:至今,羊和它们的朋友们,每一个声音都和两万集前一样!《小羊之家》的核心魅力正在这点上,声音保证了它的连贯性,使它不管受哪个导演统率,绘画风格和意识形态都伺机摇摆,可观众张开耳朵一听,就还认定它是同一部动画片,是自己二三十年前或是五六十年前看过的同一部,可以比较的话,甚至也是现在的人和已经死去的上一代人观看的同一部。

她是经过严格选拔、做过声带调整手术和接受了发音训练的《小羊之家》成员,是羊母的第九任配音演员。

在懂得保护身份之前,她还十分年轻,关于人生有很多话想讲,曾经有一些时候她说得太尽兴,一边用轻柔的嗓音低回诉说，一边有起伏地呵呵笑，人们听出来了，吃惊地用手指着她，接下去就叫她表演那只羊，叫她表演最出名的嘲笑丈夫的片段，表演后，又说"再来，再来"，没完没了地起哄叫她说这句说那句，还要模仿羊捋袖子的动作，又问她各种稀奇古怪的问题。现在这种情况极少发生了。

《小羊之家》的配音演员每周有两天要碰面，地点在配音工作室，它位于一家很大的影视公司里面，是主楼以外的零星小楼中的一栋，偏离了公司里的主干道，周围有大树和小的停车场。每周到了那两天，动画片的声音部门和配音演员先来围读最新几集的脚本，一起看看要配的片子，之后就在楼上的配音间里工作。他们也为小羊动画片的周边节目做配音，比如说，动画的宣传片、由动画人物出演的小零食广告、由动画人物出演的公益性质的节目等等。此外，配音演员还负责代替角色回复观众来信，他们回信的地方一般也在这里。

配音演员聚集起来，房间里就是羊圈的感觉，外人走进来，将体会到一种听觉和视觉的混乱，仿佛此刻是剧中的羊反过来在给这些人配音。这一天开好会，声音指导和音效师走开了，光剩配音演员们在闲谈，有五六个人，其余人今天不来，因为没有他们的戏。

"脚本创作人好像把狗给写死了。"说话的是羊父的配音演员，动画片中她的丈夫。他是一个骨骼突出的大叔，头发永远蓬乱，她来时他已经在配羊父了，如今脸皮松弛，新长出的眉毛颜色偏浅而且很长，眼看要没入额角的乱发之中。他做过几次声带手术后，声音保持年轻，其余方面都衰老了。

"为什么？"包括她在内的其他人没听说这消息，有个身体敦实的女孩问道。她配的是一只小羊，具体品种是波尔山羊，她的声音年轻丰润，像一块软质奶酪。

被谈论的狗是剧中的重要配角，羊家的朋友，一个从动画片开播就存在的元老角色，而不是为了应付不断延长的剧情随便加入又可以随便拿走的那种边缘性配角。这只牧羊犬患有领袖综合征，即一种自以为是群体中的带头大哥从而想要支配别人的幼稚病，它看起来对于剧名叫《小羊之家》毫不知情，一心当自己是剧中主角，出入羊的地盘趾高气扬，大刺刺瘫在最好的座位上，一不开心就龇出利齿，喉咙里发出凶狠的呼呼声，再进一步就会跳起来把对方扑倒，然后抱着对方在地上滚来滚去，但其实手脚当心，从不伤害任何羊。每当狗咳嗽一声，企图唤起别人的注意，然后以低沉的声线开始发表对事物的看法时，殊不知音效师就把它的音量调到若有若无，切进羊的声音盖住它，让观众听到羊的台词，而看到搞不清状况的狗依旧在画面角落自说自话。蠢蠢的狗，得到了观众的欢心。一提起来，就发现它的配音演员确实若干个星期都没来开会了。

"真的，狗好多集没有戏了。"她也纳闷，算下来连续四周没见到狗的配音演员。当她眉毛一动，耳朵也跟着动，这点和她配的羊母相似，这些配音演员身上多多少少带着角色的特征。她说，"怪不得我们最近要配更多台词，没有狗，声音的空白多了许多。那么，谁记得狗最后一次出现干了什么？难道那是一个伏笔吗？"

他们集体回忆了。没有啊，狗没干什么，一如既往地笨拙地卖弄权威欲，却老是被人无视，想不起来有可以被称为"消失的伏笔"的事件。

"说不定他下周就来了。"羊家的另一个朋友，一匹马说。马说话时仿佛始终在嚼草料。

但羊父认为这么久不见狗，事情不会那么简单。他知道脚本创作人可以痛下的几种杀手锏，在配音岁月中他亲眼见过好几次，他们用这些招式剔除多余角色，"他们有一天会突然告诉观众，'狗曾经有一个梦想。'尽管以前他们一次也没有对大家交代过，但现在想说什么就说什么，说狗抛下我们去远方逐梦了，编出几句对白让我们把这点信息讲出来很容易。然后狗就再也不需要正面出现，也就不需要它的配音演员了。一开始我们会思念它，因为我们是好羊嘛，有感情，创作人画几张明信片，附上狗在异乡的照片，塞在羊蹄里叫我们拿着看，聊它几句往事。后来聊到它的次数明显少了。再后来脚本里根本不必写到它，到那时，狗也就正式完成使命退出了荧幕。"

　　"方法还有很多。"她也贡献了一个，"他们要一个角色，比如说你——马，你跑过来焦急地对我们说，不好了不好了，狗被经过的跑车压死了。"

　　"我们的家在乡下，没有跑车。"羊父说。

　　"狗被经过的正要去收麦子的收割机轧死了。"她说，"驾驶室里的人没看到它，于是收割机颠了一下后也没停下，仍旧朝着金灿灿的麦田里开去。风吹过来，麦浪翻滚到天边，它躺在路上，身上倒没什么外伤。马从远处看到了，跑来告诉我们他的死讯。"

"太惨了！"羊父、波尔山羊、马和其他角色的配音演员纷纷说。

"就这样强行终止了狗的戏。"她说。

之所以舍得用残忍的方式谈论狗，是因为她不相信狗真的会出局，反正是谈论不真实的事情，她不过稍微放大了不真实感。他们还没来得及编造第三个故事，一个助理过来叫他们。大家都站起来，把用彩色笔画出各自对白的脚本拿在手里，以不同方式清清嗓子，往楼上配音间走去。

回家时，她又看到男孩们在楼下的小花园玩，最近他们特别钟情这里。在玩的是一种追逃游戏，大孩子跑在前面，躲躲藏藏，小孩子跟在后面，灌木丛里一会儿出现某只圆屁股，一会儿又露出小脑袋，他们的声音也传了过来。由于没有看到他们母亲，她站住看看情况，不久弄明白，玩的其实不是你追我逃，他们在寻找什么，小孩子跟在哥哥身后，把他翻找过的树丛再翻一遍。突然，两人一起欢叫，灌木丛簌簌作响，他们都钻出来，见到她，向她炫耀手里的东西。"一只狗。"他们说,"我们见过它!"

大孩子举的真的是一条狗。他嘴里嗯嗯地用力,双手撑在狗腋下,狗被竖着举起来,肚皮朝向前方。小孩子全身都脏了,脸上流下混合泥土的汗水,雀跃不已。

她看看狗。狗的头部较长,耳朵半立,毛短,皮毛是黑棕两色,四腿修长,肌肉发达。就它的体格而言,显然是做了让步才让孩子可以顺利抱住,不怕伤害他的话一挣就能逃跑。狗吐出舌头,也直率地看她。天啊,她心说。

邻居太太赶来了,不是很生气但挺严肃地批评孩子们从家里偷溜出来。狗从孩子的手中一翻,四脚稳稳地落在地上,走几步靠在她脚边,人狗一起目送邻居一家走进大楼。

几分钟后,她也带着狗走那道楼梯,一圈一圈无言地走上楼。然而一进房间的门,狗就用她熟悉的声音说:"给我水。"

它从盘子里喝水,又说,"有吃的吗?"之后依次大嚼她从冰箱里拿出来的熏肉、咖喱香肠和比萨,浑不在意食物残渣弄脏了人家的地板。吃好喝足,它缓缓踱步,参观每间屋了,面露看不人上的神情。"最近在户外睡觉,原谅我身上有点脏。"狗参观一圈踱回客厅，说着客气的话，毫不客气地跳到沙发上趴好了，把她扔在边上的美丽的小线毯叼来盖住自己的背，眼睛一眯一眯，对她多次的提问充耳不闻，准备休息了。

她拍拍它，结实的狗肉在沙发上弹动。

今天收工前，她忍不住向工作人员打听。一名工作人员虽然不想讲，但终于告诉她，不是剧组要砍掉狗的戏，是因为发不到那个人的通告，无论如何找不到他，现在暂时性地悬置狗的戏份，观望人的动静，他们一组人还要分担替狗给观众回信的任务，许多人来信问狗怎么了，真是烦死了。她回到住处，从孩子手里见到狗，任谁仔细一看，这狗的样子和动画片里完全一样，难怪孩子们很想捉住它。回想他们第一次嚷嚷"一只狗"的时候，差不多正好重合上配音演员消失的日子。并且这狗当场向她递出一种眼色，是动画狗加上配音演员本人的综合性的眼色，两种她都熟悉，像南半球和北半球重合在了一起那样，让她大吃一惊。后来，到了她家，它就以配音演员的嗓音说起了话，语气是不讲理的，冷静地笑话人的，稍微带着伤感的。而现在它趴在她沙发上想睡觉了。

"怎么回事！"她俯下身，唤醒一个小孩一般地拍打它，但是手劲有点大，"你怎么变成这样了？不去工作，跑到这里来了，是不是应该说点什么？"

"说点什么？对了，谢谢。"狗说完又闭上了眼睛。

不过狗在这里她就放心了，她想，不管发生了什么，配音演员毕竟以某种方式活着，而不像自己之前随口胡编的被跑车或是收小麦的收割机轧死在路边，那样她会真正遗憾的。

夜里，她突然被叫醒。那个声音说："醒醒，你在打鼾。"

她一惊，果然听到自己的鼾声，还不小。平时她偶尔也听到，年龄上去以后容易打鼾，听到后翻身再睡就行了。这时她清醒了，想起家里不止自己一个人。她摁亮灯。狗不知何时钻进了卧室，休息过后很精神，趴坐在地毯上，头昂着，立起了三角形的耳朵。

"这是我家。"她说。

"呵。"狗说。

"你睡够了吗？"她说，"我想睡。"

"那么关上灯，再睡吧。"狗说。

她关上灯，无奈地倒回枕头上。

"我也不知道怎么回事……"她刚要睡着，狗又在黑暗中说。

狗根本不管她，接着还往下说，"有一天，我醒过来就变成这样，成了一只狗。我对着镜子说出了我的声音，镜子里面却是条牧羊犬，但我已经习惯我的声音出现在狗身上，两者挺搭配的，你同意吗？我这样在家里住了几天，试试还能生活吗，主要是吃饭上厕所开抽屉这类事的做法变了，倒不觉得办不到，也不觉得特别糟。一天，该出门开会了，我没有去，因为不知道该跑着去，还是应该搭个什么车，跑着去有点远，我听见电话响了，又听见它不响了。再过一两天，我决定出门，于是这一次我跑出去了。你可能不知道作为狗跑起来的感觉，那是很实在的，你全身都在跑，你有四只脚，你的耳朵、舌头都吹在风里，连你的毛也迎风在跑。外面有很多人，我从人们脚边跑过，我从汽车轮子旁边跑过，我遇见了别的狗，尝试和它们说话，结果它们只是单纯的狗。这时我想起了你们，我想，是不是只有我们这些人陆续变了，我们因为什么缘故和动画片难分难舍，也许你此刻变成了一只羊，守在你的房子里……还记得你住这里，所以来了。"

她记起来了，曾经确实有一次他送她回家。以前某位创作者出于个人趣味，为动画片中的它俩制造了一丝暧昧，创作人往剧情上空发射一枚神秘的照明弹，当照明弹缓缓落下时，有着长达两万集友谊的羊母和牧羊犬各从对方身上看见了某种新鲜的东西，它们好奇地研究对方，试探着做一些从没做过的事。为了配合剧情，她和他也在声音中放进了前所未有的感情，并有一次，在配音间里忽然以全新的视线看向彼此。他们随后在现实中试着约会了一次，但结果不好，工作以外，他比想象中还要乏味、不吸引人，约会刚结束，就在她家楼下，她等不了把道别做得比较完整，就急切地跑了。此后几年中，她和别人也只有寥寥几次约会，都不成功，以约会作为刻度的话，时间疏朗地过去了。

"作为狗，看到我有什么不同的印象？"此刻她问。由于了解狗的个性，她问时根本不期待使人快乐的回答，却还是想问。

"呵。"狗说，"从小花园里看见你了。你怎么说，不是那么……我想，只要躲在什么地方认真去看一个人，总会看出他其实有点可怜——空虚、孤独、穷、无聊、缺乏目标、过一天是一天、没人爱、也不爱别人……"

"就是说，我这人不行？"

"我倒没专门这么说你。我是泛泛地说，抽象地说。"

"你钻在草里看出我这人不行，那天以后呢，你怎么生活呢？"

"那是泛泛说的。我？我在流浪，去了很多地方，狗能去哪里，我去哪里。不过，我主要住在小花园里，那里很不错，除了孩子们总是来捉我。"

"他们是两个好孩子，喜欢你才捉你。"

"他们也看我们的动画片？"

"看的。他们攒了些贴纸，小的那个经常把一个动物贴在脸上，或者手背上。当然他们也看别的动画片，不过我们的动画片也经常看，所以认识你。"

"那么，可以说我们的工作是有意义的吧。"狗说，"除此之外，却没有什么意义。"

狗说的"除此之外"的部分，她认为是指他作为人的生活。她的人生经验告诉她，许多人都这样，也包括自己，只有一小块东西拿得出手，其余大部分没什么意义。她想，他这个人兴许就是发觉比所饰演的卡通角色还不如，再加上别的复合因素，才变成了狗。

狗不说话了，她听见湿乎乎的声音，原来它在舔爪子，可能舔爪子能帮它思考。狗舔好后说，"我经常觉得世界古怪，不止我们的工作，反倒是工作时，代替动物讲话时不觉得最怪，别的一切都有那么一点奇怪——大多数人和新闻，我们的这个世界，每一样东西。不知道为什么我们就成了今天的自己。"狗问，"你觉得现在的我怪吗？"

"怪是怪的。"她回答。

说以上话时，狗仍然待在垫子上，她在床上。卧室里有一点光，那是狗走进来时，门打开了一个锐角，客厅里一盏夜灯照进来的。

"愿意摸摸我吗？"狗忽然说。她感到狗站起来，移动过来。床边模模糊糊地出现一团黑影，那狗来了，站在地下，把头小心地搁到床上，下巴抵在她的床垫上，发出了很轻的呼吸声。她抬手摸了摸，狗的头，它凉凉的鼻子。她再伸手到床外去，抚摸狗的脊背，一直摸到手可以伸出去的最大限度，来回抚摸了两三下。

"这样挼又不是很怪。"她改口道。

“谢谢。”狗说。

第二天早晨，狗守在门边，它身上的脏污大多蹭在了她家里，现在清洁多了，它用爪子抓抓门。“请开门。”狗说。

“为什么？可以用家里的卫生间。”但她还是开了门，“要我去遛你吗？我们先找根绳子。”

“不。”狗拒绝了，它身体的一半到了走廊上，又转回头，湿润的眼睛望着她。

狗顺着旋转楼梯跑下去了。狗没有回来。

下一周，在配音工作室大家见到了狗的配音演员。“看吧！”上周做出准确预测的马得意地说。

狗的配音演员不但乏味，而且长相丑陋，多看他几眼很容易产生不悦，尽管人们当他不在时好奇他去了哪里，见面后却顿失了解的兴致，他也只说，“出去走走，去很近的地方旅行了一回。”很快就没人过问他做了些什么。他见到她，除了看看她，未做任何特殊的表示。工作人员把脚本发到各人手里，轮到他，往他面前的桌上一摔，他给工作带来麻烦，工作人员有权表露不快。在动画脚本上，狗回归了。

马上是一个节日，这几集的气氛很好，羊父、羊母、小羊、羊家的朋友，大家的声音在配音间里响起，从配音演员那歪斜难看的脸上说出了狗有趣的台词。她顾着自己的角色之余猜想，他回来，一方面因为他喜欢工作，另一方面因为他没有别的去处。她现在听到的，既是他的声音，却也不能算是他的声音，归根到底这属于一个文化项目的声音，到他们这些人不能胜任角色后，又将有别人接替他们。他和她现在不能干什么，现在没有别的更有意义的事情可干，那些事情究竟在哪里呢，就先以狗以羊的身份代为诉说虚构的欢乐吧。

次级

　　和以往一样，这次的审核程序历时好几个月，申请开放后，马上有超过两万人递交材料，随后两千人进入初选名单，其中五分之一挤入小巧的面试圈，最终决选出三十七人。他是第六次提出申请，披荆斩棘，侥幸过关，成为三十七人之一，是新一批次级人。名单公示数日后，他完成必要手续，徐徐进入次级人生，第一次拥有了家庭。

　　这人被政府分配到的人家，有丈夫、妻子、两个年幼的小孩，是四口之家。男主人和他年纪相仿，三十岁过半，身高、体重、学历，甚至样貌都比较接近，这不是巧合，恰是他被放进这个家庭的重要原因。他和男主人第一次见面，双方都宛如照镜子，看到了自身的变体，一个别扭的镜像，但他们将惊异的心情藏住，若无其事地把眼睛移开，像两个只拥有一瞬光明并抓住它照了唯一一次镜子的盲人，后来直到死他们都没做第二次对视。男主人尽管不看他，但让出通道使他走进家门。他注意到，开门时，男主人手拿一件乐高搭成的怪东西，马上又带着那东西重新回到中产阶级规格的客厅。壁炉烧得正好，也为家庭气氛注入温度，在那口壁炉跟前，由大量玩具和两个男孩构成一片混乱现场，假如不喜欢孩子以及孩子的衍生品，眼前的景象就是炼狱，但男主人看起来享受它，积极投身它，身体一矮坐到了地毯上。他紧随其后到达中产阶级规格的客厅，连忙俯身在中产阶级的地毯上撸开一些乐高碎块，也盘腿坐好了，就贴在男主人背后，膝盖几乎戳到他屁股。他旁观父子三人继续玩耍，他们在搭几辆不现实的大汽车，车身凭着孩子的喜好正在变得惊人的长，其中一截刚才就拿在男主人手里。父子三人没有对他说一个字，或表达出一些欢迎的意思，即便小孩也很好地管住了自己，不理睬他。以后他每次上门，他们也都故意不看他，不同他交流，假装屋子里没有这个人，但他们默许他观看这里的生活，他们还总是留出足够的空间方便他在近旁站立坐卧，显示出了全家默契的体贴之意。

　　按照约定，每周他可以跟着男主人在这个家庭度过若干个时段，共计三十六小时，其中包含一个夜晚。到了这晚，在主卧室的大床边上，有张为他临时支起来的小床，第二天一早就会收走的。他躺在那上面，靠近男主人这边。此时双双换上睡衣的男女主人已经上床了，男主人往往面向妻子侧躺，两人身体局部重叠，轻缓地说着话，有时有动作，有时没有，在肢体和精神的双重交流下，他们缓缓睡去了。他全程不发一言，复制男主人的姿势，手臂弯曲着虚搭住一团空气，腿也仿佛触碰着什么，他像他的影子、傀儡，或是相比男主人，地位与权力均有不足的次一级男主人。离上床时间大约过去了半小时，大床上的人们互相放开了，两种轻微的鼾声代替语言继续交谈。男主人哼哼两声，翻过身仰躺着，脚在床单上搓动几下，又不动了。他也翻过身仰躺着，脚在床单上搓动几下，到这里夜间观摩就结束了，他不能在男女主人不清醒的状态下继续睡在这里，这侵犯隐私。几秒钟后，他向门的方向翻一个身，身体探明床的边界，脚伸出床外，最后轻轻站到了地上。他在一边腋下夹着小枕头，手拎拖鞋，心里回味着所见所闻，悄声开门，离开主卧室，走到走廊尽头的客房去睡。

"明天去牙医那里前，能不能顺便帮我个忙，到隔壁街拿回来送去修理的球杆？我没那个不方便。"他到了客房，摆上小枕头，再次躺好了。他在心中以自己的声音复述男主人睡前的话，也许小声说了出来，觉得讲得不够滋味，他又讲两遍，当中一遍最好，他记住那个感觉，重点是把让对方代劳的意思，包装在随意的语气里，啊，夫妻要有礼貌地博弈。客房不到主卧室一半大，窗也窄，家具也少，他如今孤零零地醒着，床上没有一个困倦的妻子，没有人像刚才那样回答："现在说了不算亲爱的，早上再提醒我。"他将夫妻间的对话回味着，回味着，睡着了。

几个小时后的清晨，他已经等候在主卧室门口。昨夜由他关上的门从里面打开了，男主人依旧身穿条纹睡衣，走出来，他跟他去洗漱，看他从妻子的漱口杯旁边拿起牙具，从妻子粉色的毛巾边拿起成系列的素色毛巾，从女用剃须刀边上找到另一把剃须刀。在家庭成员的用品旁刷牙洗脸的感受，这样他就有数了。假如这时男主人有非常私人的事要办，也并不看他，只是有节奏地清四声喉咙，嗯，嗯嗯，嗯。他第一次听到，就迅速理解了，那是在叫自己回避，立刻识趣地撤出洗手间，留主人独处。

逢到吃饭时间，他顶着男主人的背坐在餐桌外围，像小床那样，他们为他准备了一个小凳子，他坐得比主人们低，并拢的膝盖上放一个盘子，虽然食物和餐桌上是一样的，从就餐形象上而言，不可避免地流露出寄人篱下的可怜感。他咀嚼食物，同时听女主人讲述琐事，听男主人偶尔喝止孩子胡闹，听上一次讨论过的家庭问题再一次被拿到桌面上讨论，没等讨论出结果即被收起来，留待以后无穷无尽地讨论。原来，他想，饭桌上有妻子有孩子的感觉是这样。

他还度过了不少的游戏时间。和第一次坐在地毯上搭汽车不同，在大多数情况下，陪小孩玩要积极跑动，累个半死。男主人负责捡玩具，捡垃圾，拿来小孩们要的，收起他们不要的，把逃到视野外的一个小孩或两个捉回来。他要挑对地方站，这没那么容易，起初可以说是狼狈的，总是被男主人突然调整的移动线路吓一跳，猛地赶上去缩小距离，或是为了避让急退好几步，一直被逼到墙角把身体贴在壁纸上。久而久之，才多少从容了，知道何时要进，要退。有时他眼看孩子扑向男主人，连忙用不自然的姿势把自己上半身凑近男主人肩后，孩子被快活地抱起来，如他所料，头从爸爸肩膀上探过来，差不多贴到了自己的脸上。红的、湿润的鼻子冲向他，他闻到了小孩的气味，小孩热烘烘的温度袭击到他的皮肤上。他大概知道了，作为爸爸被孩子拥抱的感受。而且他分辨出了自己更喜欢哪个小孩，大孩子总是愿意靠他靠得更近一点。

这就是作为次级人可以参与的生活。

当次级人是为了得到幸福。世间各种各样的幸福，数量都有限，其中，能够组建美好家庭的幸福，更是只属于少数人。现在，越来越多人寻觅不到良伴，于是就当不了丈夫妻子，一环扣一环，接着当不了父亲母亲，随后当不了爷爷奶奶，止步于单身汉，始终只是单身汉，既当不了这个也当不了那个，错过这个角色和那个角色才有资格进入的生活。遗憾推动了变革，国家相关机构产生一个构想，并把它化为现实：让落单的人们分期分批地去当次级人，到一级人身边沉浸式体验家庭生活。年轻的次级人在年轻的一级人身边体会为人丈夫、妻子和父母的感受，老年次级人跟在老年一级人身边，凭空拥有了子孙。大家可以用别人的但宛如是自己的家庭女抚孤独，只要体验够逼真，它不是基于事实得来的又有什么关系。

他率先来到这个家庭当男主人的次级人，三十七人名单中的另一个人没过几天也来到了同一屋檐下。一个家庭同时接收两个次级人，很少见。说明这一家庭有十足的自信，也很慷慨，他们认为家庭成员情感充沛，在日常生活中以稳定速度把情感生产出来，产量既能供应家人使用，还有富余，可以让多个外人同时用上剩余部分。

后到的那位次级人，她的样子单独看没特点，出现在这里就较微妙。他像男主人，她的各方面则与女主人接近，像是女主人稍微融化后过了一两天又凝固起来，走样而走得不至于说远。这是因为相关机构在决定谁能成为次级人前，已经把"相似度"加以考虑，使得次级人在一级人的家里产生代入感——"他仅有一点和我不一样，这本来可以是我的生活。不，现在正是我的生活，我是充实幸福的。"

她每周也来三十六个小时，一些时段和他错开，一些时段与他重合。碰到他们都来到这个家时，四人呈现两个原件加两个副本的画面。如果有客人来玩，会以为眼睛病变了，突然严重散光，看到了那对夫妻的重影。但客人绝不会露骨地表示诧异，大家都懂，对次级人要看到当没看到。

到了每周他和她一起留宿的夜晚，主卧室异常拥挤。靠近女主人那边，第三张床支起来了，搞得房间里全是床，而床上全是人。从窗口到门口，依次为：一张小床上睡她，当中的大床上睡男女主人，另一张小床上睡他。他们一左一右对称地弯曲身体，把男女主人括在中间，观摩这对相爱并很好地分担家庭责任的世俗夫妻临睡前做了什么，说了什么，最后如何接连沉入梦中。等到那时，括号解散了。他和她爬起来，四只脚在地板上小心移动，走出房间，向左向右，进入两间客房。过了一段时间，他在自己床上除了会回想男女主人的睡前对话，也会想想她，多想几遍后，她渐渐从女主人背后走到了前面，她区别于女主人的独立特点，显现出来了。

这是一个漫不经心的女人，她思想不集中，经常开小差，在女主人身后松懈地站着走着，没有收好的手脚从女主人的轮廓线里毛毛糙糙地露出来。她感受喜欢的事情时，较专注，比方说，晚上作为半边括号她是认真的，她以手肘支撑床垫，抬高头部，倾注全副精神观察大床上的动静，似要把当事人看穿。这也使得他能够越过括号中的内容看到她，看久了她有点儿美，不知从哪里来的光投进她眼里，而她体内全是燃料，光经久耐烧地点亮着，在夜里夺走他的注意力，到他在客房独自睡下去时，光还在眼前闪烁。完全相反，她感受不喜欢的事，比如煮菜洗碗、叠衣服、收纳玩具，则明显表现出敷衍态度，站在碍手碍脚的地方，给女主人做事造成麻烦。他想，她能通过审核一定是什么环节出了错。

　　一天，意外中的意外发生了。当时四口之家在吃饭，她和他坐在次级人的位子上，在一级人身后的矮矮的小凳子上也在吃饭。他们一共有六个人，却只允许表现出四个人。她不知是被整个局面还是整体中的哪个局部撩拨到，人偶尔会在别人都严肃时想想好笑，她就在那种反差下笑出了声。"对不起。"她马上道歉。突如其来的发笑像一盆热汤摔到桌子正中。"对不起"更糟糕，像热汤溅到了周围人身上。餐桌上的谈话骤停，气氛破碎。男主人与女主人眼中饱含内容地对看一眼，小孩们忍着笑，四个一级人转动眼睛，谁也不再说话了。过了一会儿，男女主人继续咀嚼，从两颊混乱的起伏状况来看，他们心里也正进行激烈的活动。他们无疑想：应该分清谁才是一级，谁是次级；谁负责在生活的舞台上展示生活，谁作为体验者应该安安静静地体验。而她在做什么呢，这个摆不正位置的女人犯了错误，她那笑声和话语突入他们的生活，太像是嘲笑，她怎么敢置评一级人的生活！他们都感到受到了强烈的冒犯。

他与她坐成直线，之间有重重阻碍，使他完全看不到她，只听她忽然在餐厅另一头笑了，笑声穿透女主人身躯，越过餐桌上的食物，接着穿透男主人身躯，到达自己面前。"对不起"像第二箭，紧跟着也穿透一切，扎进他震惊的心灵，他放任叉子往瓷盘上一划，发出刺耳噪音，但在此种情形下，没人注意到它。他确实非常震惊。她像一座长久以来只完成三成的雕塑，因为这声笑和说话，在一瞬间完工了，还从雕塑变成一个真实存在的人。从前，她是他虚构妻子的变形体，而从这一刻起，这个真实的人她是谁呢？他应该赋予她一个什么样的身份来安放她呢。餐桌秩序假装恢复正常后，他跟上男主人的节奏，麻木地进食，耳朵里一直堵着她的笑声，那笑就算有种种解读，他听起来也觉得是在嘲弄这个家庭，嘲弄次级人体验方案，在嘲弄他。

　　这天吃完出了事故的饭，她到时间离开。她满不在乎地走了。他觉得她在离开前曾经瞧了自己一眼，但他别过了头，后来他多次想，假如自己迎上目光，那会发生什么，她好像会把自己也变成一个真实存在的人，他不知道自己受不受得了，因此别过了头。门关上了。他还可以在房子里再待上一会儿，他跟着男主人去找女主人，女主人闷闷不乐地向卧室移动。男主人快要走近女主人了，他正想体验一下在这种恼人的情况下一个丈夫该如何安慰妻子，男主人突兀地高声清了四记喉咙：嗯，嗯嗯，嗯。"走开暗号"在洗手间以外第一次被使用。他站住了，他和男主人之间的距离一步两步三步地拉远了，他又独自站了一会儿，转身走到门厅，找到外套和帽子，在隐约传来的他们非常不高兴的谈话声中穿戴好，走出三十六小时之家。

　　她再没来过这个家，肯定是遭到投诉被除名了，这意味着她以后也很难有资格再当上次级人。他白天继续在男主人身后吃饭，陪孩子玩，到了夜里只剩他这一半的括号了，夜支日收的小床又睡了几十次。他继续在四口之家完成一年期的家庭体验，在最后一个体验日，就像他第一天来一样，他静悄悄走了，无人同他告别。虽然有别的选择，但他在寒冷的天气中步行很长一段路回家，他走到家里，没脱外套就坐在床上，手始终伸在口袋里，那小东西一面是凸粒，一面有孔，他把玩着这块乐高积木。

他仍没有找到有兴趣、够胆量去与其发展出幸福关系的人，他从这家学到的经验，差使妻子去取东西，管理一顿晚餐，收拾中产阶级规格的客厅，都没有发挥作用。但过了几年，又申请了几次，好运再一次垂悯，他到第二个家庭当次级人。这一次他从另一些方面和男主人相似，他拥有一个弟弟，还有一个妻子、一个女儿，以及一对父母，他在大家庭中生活的每分钟都是吵闹和目不暇接的。再过几年，因为前几次的表现良好，他被授予荣誉次级人的称号，从此在系统里享有优先权，他多次加入不同的一级人家庭，每次体验的密度都比上一次大，从每周三十六小时，慢慢升级到一百二十小时。其中只有一次，他没有待满时间，因为他被狗咬伤了，那只大狗起先不理解他是男主人的次级人，以为他要攻击男主人，就先攻击他，啮噬他的小腿，他一直流血，但竭力忍耐疼痛，任鲜血流到袜子上、鞋子里，最后从鞋子里流出来，弄脏地板，到这时，他也好，那个一级人家庭也好，都觉得演不下去了，这里有个身体里流淌血液的人，快要无声地殉难在别人家里，于是那家的男主人用自己特定的方式，以手指敲击马克杯，发出"走开暗号"，告知他，他应该走了，去看医生，而他们也想擦一擦地板。这是他唯一一次早退。

他在数十年中，始终孑然一身，从一个家庭漂泊到另一个家庭，有过多任妻子、很多猫狗、许多孩子，后来有了孙辈，死去前不觉得有太大的遗憾。

实习生

实习生怀疑自己存在的意义。

这批实习生共三人。三人第一天来上班时还见到一个，是更早来的实习生前辈，普通高，很单薄，连手臂最粗的地方也很细。那时，站在一间办公室外面，一名管行政的职员正同他们说话，讲的内容不重要，问问情况，闲聊似的，三名实习生同时察觉有人窥看自己，于是不顾说话中的行政职员，集体转过头去，见到了他。他从远处静静注视这里几秒钟，像草原上停下观望的动物，随后又移动了，隐没到走廊转角的阴影之中。

他们三人都在过大学三年级到四年级之间的暑假，猜想那人同年级，或是那人的学校放假早，或是学校要求的实习时间长，所以先来了。以后很长时间，他们在公司都没见过他，几乎忘了他。这三个在一起的实习生，一个是女同学，一个是男同学，第三个也是男同学，他们就读于三所不同的三流学校，以前不认识。

他们得到第一个单独相处的机会时，聊起了这家公司的招聘信息。

男同学说，自己是从杂志的分类广告上看到的。具体是本什么杂志他没印象了，宿舍里还能有什么杂志，体育、电玩、明星，总之是这类吧，他上厕所忘了带手机，从胡乱堆在旁边的破烂杂志里翻到一本，就在臭味中看了起来。这本比较特别，发票遗失声明、农产品展销会报名方式、电影套票预购、超市开业信息，内容划分成一小块一小块。一则某实业公司的招聘启事吸引了他的注意。也欢迎暑期实习生，上面写道，专业不限，日薪多少多少。他把这块纸撕下来，先用嘴巴衔住，腾出两手继续翻杂志，后来把它带出了厕所间。

女同学说，她是在手机上购物时，广告它自己跳出来的。她一目了然不是个机敏的人，这种人像河流捎带的泥沙，夹杂在朋友中做事还能保持正常速度，可一旦因什么缘故落了单往往就行动迟缓。她直拖到最后一刻才找到实习工作。实习是为了凑学分，三人来这里都是为了凑大学要求的学分，按照不同学校的规定，暑期实习价值四个到六个学分，一笔财富。

男同学和女同学看着第三个同学，等他就如何出现在这儿也说上两句，大家就同一问题发表过意见，好铺垫出一个友谊的基础。然而他垂下眼睛嗤笑了一声，说，忘记了。他站得不直，对职员的表情也不恭敬，向人问好时声音总是含混的，是他们中最为敷衍潦草的人。

这时，先前的行政职员走过来，进行在走廊上的实习生之间的闲聊被迫中断了。

刚才他们被行政职员带进第一间办公室，问候里面坐着的两个中年职员，房间拉着百叶窗，即使开着台灯，昏暗程度仍使突然进去的外人吃了一惊。这里的主要光源是电脑，照着两张平平无奇的脸，他们的眼睛像是从显示器里汲取了光线，转头时四只眼睛挥舞着四条光柱，探照灯般上上下下地扫视年轻人。三人莫名其妙被看了一阵，随后就被要求退回走廊上等，行政职员则留下来和同事们讲起话来。三人即将走到门口，回头一看，见行政职员已把手掌撑在办公桌上，倾身靠近坐着的人，说着话，意味不明地笑，那副样子也像是在听取他们见过这三人的感想。三人出去后等了挺长一会儿，其间就聊到了招聘广告，他们算相互认识了。

行政职员重新接手他们，领三人沿走廊移动一段，去拜访下一间办公室。之后又是一间办公室。之后走到楼上，又拜访了几间办公室。间隙就叫他们在走廊上等。今天，实习生的工作任务好像就是串门子，专门让公司里各个同事都看看他们，这里的每间办公室都不明亮，那些头从黑黑的桌面上抬起来，五官仿佛套在丝袜里一样不清楚，只有目光透出来，极其细腻地打量他们。

双方定下了实习的起止时间，还有实习生每天的上下班时间。但是，实习的感觉和实习生预想中不一样。预想中是什么样？他们倒也没有认真想过。

"我已经知道以后上班最喜欢的部分了，"几个小时后，女同学说，"就是下班。"

"这部分我也喜欢。像看着一场沉闷的比赛拖进点球大战，终于开始有点意思了。"男同学胡乱说。

女同学与男同学比较起上下班路上要花费的时间，他们就读的两所学校分别在城市的南面和北面，实习公司在两校中点，两人一来一回差不多都要两个小时。

"所以，你最喜欢的下班部分，还要被上班路上的那部分抵消掉。结论是，上班就根本没有让人喜欢的地方。"男同学说。他向身后询问，"你呢？"

第三个同学，那个男同学嘴里嘟囔了一点什么，总之也是对实习、对天气、对交通，乃至对这个社会根本不满意的意思。

他们三人慢吞吞地走在下班路上。一离开公司，他们都往地铁站方向走去。

在室外才重新感受到夏天的威力，临近傍晚时分，比早上热多了，阳光、吸收了阳光的地面、热空气不留死角地炙烤全身，女同学脸上剩下的一点妆在融化，很快地，男同学们的 T 恤上局部的颜色变深了，变深的面积慢慢扩大了。

公司附近商业气氛不浓，街道狭窄，只容得下一辆机动车通行，街道两旁多是两三层楼的房屋，基本是住宅，少数房子的底层开着小商店、小餐厅，也有小房子租赁给财力不雄厚、对环境无法提出更高要求的小公司。他们在路上画给行人用的白线内排队走，女同学走在前面，好相处的男同学有时和她并排走，落在她身后时就和第三个同学讲几句话，那男生始终松松垮垮地拖在后面走，年纪轻轻却对什么都提不起兴趣的样子。他们顺着街道来回转折，在燃烧着的赤红色夕阳下已经走了不短的路，女同学四下一瞧，瞧见打工的公司又出现在自己左手边，它实际离得不近，但凑巧从参差的房屋的空缺处露出一角来，它是一栋外形严肃的两层楼小房子，夕阳射在它二楼的窗玻璃上，受云的影响，反光忽闪忽闪，建筑物如同具有智慧的生命体，并给了她一个眼神。

由于她急停脚步，第三个同学，那不太说话的男孩汗津津的身体一下子贴到她背上，随后又热又年轻的身体若无其事地退开了。

"那里！"她向他们一指，他们都看向那栋建筑，"像不像一路上它都在看我们一样？"

一时，建筑物与实习生们面面相觑。

"这个公司是干什么的？"第三个同学头一次清晰地说起了话。

这个问题嘛，他们相互看看，都很木然。由于不是什么好学生，来之前没了解过，而今天虽然在里面待了好多时候，见到一些人，但是这个公司到底是做什么业务的，他们根本不知道。

"谁知道！"男同学说，"打工嘛，不用知道得很清楚。随便打打，越不清楚越容易打。"

身边开过去一辆车，他们又在白线内排队向前走，再转一个弯，立即到达了地铁站。女同学和好相处的男同学乘坐不同方向的列车。女同学看到第三个同学是和自己同方向的，她已经知道他的学校就在自己学校附近，但他根本没有与自己结伴的意思，戴上耳机，几步一跨，偏偏到远一点的车门处排队去了。

公司里的职员称呼三个实习生：小张、小王和小刘。

这事很讨厌，实习生不喜欢被这样叫。一旦一个人被叫成小张或小王，除了标志他没地位，屈从于一种以手指物就可为其命名的权威，也代表权威把这个人以往自珍自赏的地方视同废品一般，他被凝缩、抽象、简化成了一个通用型符号。世界上有很多个小张，做着匹配小张这一称呼的小事，你根本不会觉得他们有任何差别。而且小刘其实不姓刘，他姓方。

有一次，女同学看到第三个同学企图纠正职员。"我姓方。"他说。但是对方立刻又叫他"小刘"。他又纠正道，"方啊！"可是时隔不久，不知道职员是根本不把他的话放在心上，还是作为一种驯服的技巧，有意识地故技重施，仍然坚持叫他"小刘"。一瞬间，她以为职员会挨野性未除的大学生的打，但第三个方姓同学嘴角可笑地抽搐了一下，强迫自己把头转到职员所在的反方向，懒得理论了，同时用鼻子回答，"嗯。"

他们起初常常终日坐在一楼一间会议室待命，会议室在走廊尽头，敞开门。小张。阴沉的走廊上传出这声呼唤，女同学就站起来，顺着声音寻找办公室，去帮职员做事。

小王。这样叫，男同学就去了。

小刘。当听见有人这样叫，第三个方姓同学扭曲着脸，但终于移动了。由于不情不愿的步子迈得太慢，声音已在走廊上消散了，他往往中途要停顿一次，直到人家再次叫，小刘，他才进一步定位是楼上还是楼下，是哪间办公室，缓缓接近声源。

这里的任何一间办公室门口都没挂名牌，他们实习了好几周也弄不清各间房的职能区别。这正常吗？可能社会上是有这样的公司吧，就像在一个家里，各区域不用挂牌子写明卧室、餐厅、阳台，这里在职的人自己清楚就行了，实习生懒得区分。

和房间一样，实习生也总是分辨不出职员间的差别。比较容易认出的是头一天领他们参观公司的行政职员，他人小小的、精精的，带张服务型的笑脸。其余人虽然有男有女，高瘦胖矮各不同，奇异的是，感觉相近。即使他们每天轮换办公室坐着，三人想，谁知道啊。

交代实习生做的事情也很无聊，同样是不清不楚的。职员叫实习生去，不过是把一堆混乱的文件交在他们手里，让他们按时间排列。叫他们把其中一些文件打孔后装订。叫他们把装订好的文件拆掉，按别的规则，和别的文件装订起来。叫他们往文件夹里填装新文件，把旧文件取出来塞进碎纸机。要是他们有心读一读纸上内容，多数印着小语种的外国文字，间杂数字，看不懂。职员又叫他们把一个档案袋从一间办公室传递到另一间。次日，再叫他们把一个档案袋逆向递回去，实习生从封口处独特的绕线方式认出，它根本没被拆开过。

这样过了一阵子，三人都有一种感觉，职员们在挖空心思找事情给自己做，所做的是根本不必要的事情，现在，连不必要的事情他们也越来越难以找到了，很多文件的长边和短边上同时出现了三人亲手操作打孔机所打的孔，说明文件被用两种以上的方式装订起来过。

　　"小王……"一天，有个戴眼镜的职员把男同学叫到桌边，但是他自己顿住了。他转转眼镜玻璃后面的眼睛，因此暗房间里有两条光柱在晃动。他又试着说，"小王……"想通过重新启动话头，把一条正常的句子从嗓子里带出来，不幸又一次卡住了，他苦思冥想，仍然想不出该吩咐实习生做什么事。他的两条光柱，和坐在他对面的同事的两条光柱在空气中碰了碰，仿佛蚂蚁用触角交谈，随后他翻弄桌面，再翻抽屉，再翻文件柜，最后找到几页纸说，"这个，帮我丢一下。"说着脚部尽量隐蔽地做了一个动作，把字纸篓藏到桌子下。然而男同学的眼睛此时已经适应办公室里的光线了，他看见了。

　　这里工作量贫瘠，根本不需要实习生，这一事实再也不能掩饰了。

　　于是，派实习生丢纸的次日，情况有点变化。

一清早，女同学在地铁口碰到了男同学，他们结伴同行。

女同学眼里男同学傻乎乎的，这是一种和他谈恋爱时看来可亲可爱，而当吵架时就会转变为反应迟钝、对人的理解力不佳的傻乎乎，是一种属于青年人的有弹性的傻乎乎。她熟悉这类青年，感觉亲切。

他们谈学校里的事，男同学讲宿舍空调的问题一直无法解决，最近大家像难民般睡在走廊上。"是线路改造的问题，要是大家都用空调准会跳闸。现在，明明不是每间宿舍有人住，很多人都回家了嘛，不知道线路为什么还发疯。老实讲，睡走廊也行的，就是当你醒来第一秒钟会很震惊，不知道这是哪里。还有就是注意不要被人踩，不要被头上挂的湿衣服淋到，手机不要被偷掉。"

"有点惨啊。"她评价。她看看他，他精神焕发，可见晚上仍然睡得香甜。"我们的空调倒没坏，我的室友晚上轮流起来拨空调的片片。"

"空调片片？"

"就是那组塑料片儿，控制出风方向的。"

"知道了。"

"风对着谁吹都不高兴，所以轮流拨向别人床的方向。"

"你们不吵的吗？"

"有的宿舍会吵，我们不吵。我们只是说点难听的话。女的你知道吗，一吵翻，就一辈子不会复合了，接下来大四那年就很难过，万一人家帮你把重要的面试材料扔掉了怎么办。"

"哎呀可怕！"他兴致勃勃地感叹。

走到这里，他们眼前突现小方同学的背影，他今天穿动漫主题的T恤，后面有几排竖写的字，出自漫画人物的热血台词。小方同学站着，堵住道路，听见他们叫自己，转过身，胸口有个圈，圈里就是说了背后台词的那个有名的漫画人物。小方同学的脸又转回先前的方向，女同学看到，从他靠近脖子的短发中渗出了亮晶晶的汗水，脖子后面还有两条被汗水打湿的形状漂亮的肌肉——她观察过了，男同学胖软的脖子上没有。

他在看什么？他们也跟着看。这里就是他们第一天下班路上停下来的地方，从附近房子的缺口中看到了将要去的公司。今天晴天朗朗，建筑的玻璃上不再被云弄得忽明忽暗，而是固定了一抹非常耀眼的反光，如同在确凿地盯视什么。

"是在监视我们。"小方同学不开心地说。

"这个破公司，难道它在看我们有没有来上班？"男同学也说，"真不想干了，没意思。"

"喂！"有行人从地上画的白线外绕过他们身边，没好气地提醒年轻人挡了路。

他们又走起来，都流了很多汗，几分钟后湿漉漉地到了公司，女同学用手绢小心按压着嘴唇上面、鼻子周围以及发际线附近。走廊上空无一人，职员们已经坐进了办公室里，楼上楼下一片安静，偶尔有人发出半声咳嗽，或是嗡嗡的谈话声，反而加强了阴森气氛。行政职员在会议室等他们，他原本显出凝重的表情，见他们来，就如往常一样虚假地微笑着，甚至轻快地拍了一下手，而后捻动两只掌心，宣布今天有新的任务派给大家做。他带他们走下楼梯时，整栋楼中连咳嗽和谈话声也消失了，似乎人们都在暗中屏息地关注他们。顺楼梯走下去，原来一楼下面还有个半地下室。

这里实习生们从未来过，是公司库房。

新分配到的工作是整理库房，怎么整理，没有下达具体指示，偶尔有职员要求他们从一排一排积着厚灰的文件柜里，或是从靠墙堆放的杂物里找东西，但大多数时候他们并不来烦他们，他们终于不必每天挖空心思安排新工作了。实习生也很中意这里，打开三张有点损坏的折叠椅，拂了拂灰，就有了专属座位，从此每天来了就直接钻进库房，玩手机，看漫画，睡觉，爱干什么干什么。

半地下室的门上有一方玻璃，望出去是通往楼上的楼梯。半地下室的一面墙上，在和女同学头部等高的地方，也有一条横的长方形玻璃窗，望出去是建筑物前面的水泥地。每天到了地面上有零星的皮鞋连着一些小腿走动起来，窗外颜色发暗，库房里必须靠一盏裸露的日光灯强撑着，这时，他们就知道可以下班了。

一个下午，他们把三把椅子一字排开，面向窗口干坐着，歪斜的破椅子使他们三条背影呈扭曲状，不平行。他们在看下雨。不久前外面下起了大雨，雨水把玻璃洗得模糊不清，望出去十分魔幻，并且室内也荡漾着仿佛游泳池底部一样的弯曲的光线。

"啊？为什么我在这里？"男同学发问。

"不知道，"女同学说，"可能我们在做梦吧。"

"我不太喜欢梦里实习。"男同学说。

"梦里考试呢？"女同学说。

"那算了，还是实习吧。"男同学务实地说。

他们继续看了一阵雨，后来女同学算了算，说，"楼上有两天没有叫我们干任何事了。"

女同学最近问过一些朋友，得知他们中有的人暑期实习和自己很不一样，是具体和清晰的。你知道自己在干什么？她又改变重读部分问，你真的知道，在干的是什么？对方都回答，是啊。有的人清楚地解释起自己负责的文件内容，有的人虽然是做跑腿、搬运等简单的体力活，但也十分知道自己的工作连接起了前后两个怎样的环节。她听了，笑着表示吃惊。她的智慧使她不太站得进别人的立场，去设想别人的经历和感受，这使她成为一个单纯而快乐的人。她向来是从自己的实际经验出发，推测别人遇到的事也差不多。另外，她自知不够聪明，她走进任何情境都愿意相信它本身是有道理的，这一来也使她缺少质疑能力。所以她此前一直以为每个同学都在糊里糊涂地实习，结果竟不是。

现在她有点担心地说，"唉，我们这个公司正常吗？"

小方同学笑了一下，好像在说，还用问吗。由于无用的时间多得是，又看了一阵雨，他才说，"当然不正常。这不是一间真实的公司，我们都被骗了。"

男同学和女同学都看向坐在他们当中的小方同学，他的椅子相对来说最好，又摆在中间，相当于贵宾席。不知不觉中，在走廊上倒下就能睡熟的毫无心事的男同学，和承认自己不聪明的女同学，都开始在意起小方同学的想法。

"社会上有些公司，它们做成公司的样子，其实是一种包装，明白吗？有个场所，放上点人和文件，伪装成上班的样子。有时候，像这里就装得不好，他们连自己装上班也不太像，更加装不像带实习生的样子。为什么伪装？怎么说呢，像是布下的一个机关，放了饵的诱捕器，挖好的陷阱，明白吗？诱饵就是我们要的学分，然后像我们这种差生，也找不到别的实习工作，就来自投罗网了。"小方同学说道。另两个人有点傻眼，还没想好如何接话，小方同学第一次把实习提升到了哲学高度，也就是说公司不是公司，实习也不是实习，它们是别的东西，这使两人沉思。

"捉我们干什么，我们有什么好的？"男同学说，"我们都很没用的，什么都不会做。"在说话这瞬间，男同学想起了什么人，一犹豫，那个人影逃走了。过后他才重新想到，是那个神秘的实习生前辈，难道他是前一批被捉到的实习生，现在他怎么了？难道这一批就轮到他们三个了吗？

"把我们骗来，可能是想搜集我们这种人，再消灭我们，改造我们，或是研究我们。都有可能啊。"小方同学说着，从椅子旁边的地上捡起一个很高的饮料杯，把透明吸管吸得很响。女同学目送颜色美丽的饮料流进他嘴里，他那刚说完一堆傻话的嘴唇被沾得湿湿的，看起来十分柔软。饮料杯里的液面迅速降低了。饮料是雨下起来之前送到的，现在他们经常背着职员点外卖，外卖员来了，不进公司门，而是有默契地蹲在室外地上敲敲窗，窗子只有一小部分能水平移开，伸出手就能摸到外卖员脏脏的大脚和小腿，当然他们只不过把手伸出去，接过一个塑料袋，里面装着三杯大饮料。

受到感染，女同学也继续啜吸着捧在手中的饮料。小方同学的话中有几个字触动了她。研究我们。

女同学在成长过程中逐渐认清了，作为一个普通人，其实是没有很多旁人时刻在留心自己的，以为被看，常常是把自己爱自己的心意强加在别人身上了，要是敢去与那目光对视，多半会落空，发现别人根本在看别处，在看别的人。别当自己很重要，这种智力她还是有的。可是在这儿，她总觉得被笼罩在视线中，被窥视着。

自从在路上发现了那个大缺口，她又陆续发现了很多小缺口，透过它们可以看到公司不同的局部。反过来说，公司这栋建筑物也能透过大小缺口沿路一直监控她，看她来上班了没有，下班路上做了什么。这想法一旦冒出来，就无法擦除了，弄得她走路很不自在，因为这目光是属于非人的，简直不知道该怎么应付它。到了公司里边，以前每天要往各间办公室里跑，每间办公室里少则一人，多则三四人，人都是静态的，自己走进去，如同触动了开关，一条条发亮的目光爬过来，爬到她身体上，黏住她。最近很少去了，楼上的办公室里怎么样了呢，实习生不在时，职员都在做什么？目光是被封锁在小空间里盲目地摇动，到处寻找着她、小王或小刘，还是凝固在半空不动？还有这间库房，女同学好几次觉得有人从门上的小窗里看他们，走到门边一看，外面却没人，楼梯上是空的。

难道，真的如小方同学所讲，这里不正常，是针对想混学分的差生设下的一个陷阱？但要捉住他们干什么呢？

她忽然发觉已经放了很久的饮料仍然太冰了，毫无营养的糖水曲折地钻进了身体深处，弄得她有点儿不安心。

因为有个小节日，从周六起连续放四天假，并且就在周五，实习生收到了上个月的月薪，这让他们很高兴。他们都没怎么挣过钱，他们都隐隐想到，原来去做一件事，不管事情本身有多糟，最后收到许诺的钱，这种依约办事的感觉很不错，一个没本领独撑大局的人，那么终身依约办事也可获得一定的成就感，所以普通人、没用的人尤其需要去上班。另外，现在是月初，收到月薪也说明，一个多月的时间已经哗哗地过去了，距离实习结束不远了，这也使他们高兴。

到了假期第三天，女同学和两个室友去逛街，她们去的是一个离大学城不太远的综合性购物中心，购物中心整体呈巨大的"8"的形状，每层叠得不整齐，都和上下层稍许交错出一个角度，里面又巧设了一些景观、开放式舞台、休息区，人走进去就像走进一个固体旋涡，失去了立场和标准，绕啊绕啊，陷入快乐的困境。

她们努力辨察方向，兜兜转转，终于吃到最近流行的甜品，到化妆品柜台玩耍，衣服试得多买得少。尽管昨晚她们又有点关于空调片片的纷争，不过到了白天她们表面上很要好，吃的、喝的、心里想到的都要分享，话密密地说着。

等室友上厕所的时候，女同学终于有空休息一会儿了，老这么兴致高昂也怪累的。她忽然看到小方同学从眼前走过去了，她正在一圈有设计感的台阶上坐着，不由自主地站起来，小方同学今天穿另一件动漫主题的T恤，衣服前面是一个具有超能力的动漫人物神采奕奕地蹲着，小方同学眼睛看着别的地方，直往前走，等到女同学站起来，他只留下色彩单一的背影，赤手空拳地走到很多人中间去了。

可惜，她想，她要留下来看购物袋。接下去室友们新涂了一层口红跑出来了，她待她们就不如先前那么好，心里埋怨她们来得慢，觉得绝不可能在环境如此复杂的地方再次巧遇小方同学了，可又暗暗期待着。

后来又兜了好久，试了别的衣服鞋子，说了别的话，到了另一层楼的"8"一边的圈圈中，她肩上被人用指头戳了一戳，怀着希望回头一看，真是小方同学！她没想得很清楚，简直理由也没找就扔下室友跟他走了。心里知道，女同学在一起却没有同进同出，这很不义气，但不管了。

"我来找同学玩儿。"小方同学说，他手里比刚才多出一个袋子，张开袋口给她大约瞧瞧。

"什么呀？"她朝里一看，是叠得好好的薄薄的一片衣服装在透明塑料袋里。原来还是一件动漫主题的 T 恤。

"很难买到的，特别限量版。我同学在店里打工，求他给我留的。"小方同学得意地说。

在这故意使人混乱的地方，小方同学从实习公司里的那副死样子中活过来了，行动快速而准确，他心里仿佛开着导航，一下就找到路，坐电梯去了地下二层，说要请吃冰激凌。排队到最前面，他与穿围裙、挖冰激凌球的年轻人比了个眼神，对方则向他飞了一下眉毛，递出来的两只纸杯各装着四颗肥肥的大球。

他们坐在一边用小勺挖着吃，小方同学歪着身体，伸长脖子，透过她，也透过柜台前的队伍，继续向挖冰激凌球的人打眼色，五官全在快活地起伏，感谢他的大方款待。

小方同学向女同学介绍，"我同学呀。"

"啊，"女同学明白了，"你是来'探亲游'的。"

现在是假期，他们的公司放假，但是服务行业全开工，在各种店里打工的年轻人有许多是在校生，小方同学是来这个购物中心会见打工的朋友贪便宜吃白食的。

小方同学把四颗球鲸吸牛饮而尽，又说，"放假真好，我们再去隔壁吃一下。"

说是隔壁，其实要绕半个圈，原先两人保持了一点距离，但在路上别的顾客不断地挤女同学，把她逐渐挤到了小方同学身边，当他们终于挨得非常近却还差一点儿的时候，蛋糕店过快地出现在了面前。

好像暂时吃不到了。

店外边空地上，一个店长模样的人正在训斥两个店员，其中一个挨训的家伙不老实地偷看着小方同学，小方同学脸上露出惊痛的神情，急忙做了一番手势，那家伙回应两个眼神。小方同学带着女同学走了。

"等等他。"看到第一个可以坐的地方，小方同学就坐下来了，坐在一个供顾客歇脚的小方块上，女同学坐在相邻一个小方块上，它们的尺寸不大不小，只有正式的恋人可以挤坐在同一个上面。

"他叫你等了吗？"女同学说。

"说了啊。"小方同学说。

女同学很诧异，她想我怎么没看到。

"我们刚才说了。我说，'混蛋，为什么选现在挨骂？'他说，'行了，你边上等我会儿，老子就被骂完了。骂完了来找你。'"小方同学翻译道，引女同学又笑了一阵。

他们所在的休息区域的对面，有些人在布置一张桌子，不久铺上一块桌布，放上宣传折页。那些人都在原本的衣服外面再套一件统一的蓝色短袖，短袖上印着一个如此之大的慈善机构标志。他们按身高排成两排，先轻声练习几遍，便由一个领头人指挥，频频地齐声高呼口号，喊的内容就是他们今天来此宣传的主题，呼吁帮助生活困难的残疾人。

两人靠观看他们消磨了时间。完全看得出他们也是在校生，被招募来做这件事。小方同学起劲地辨认脸，希望找出一张认识的，但都不认识。两人继续观看那些脸，因为他们代言慈善，站在正义这边，两人以为可以从他们脸上发现他们知晓某种意义的特征，但好像也不是人人有，有的人听着自己口中高呼的口号，表情是极惊诧，好像做梦也没想到自己会说这种话，看着真好笑。

一会儿，蛋糕店实习生果然来了，他还穿着打工制服，不知耍了什么花招偷溜出来。刚被骂又溜出来，说明他有胆识。他用臀部把小方同学拱开一点，热乎乎地贴住小方同学，他们挤坐在同一个小方块上，有时要用手搂住对方避免掉下去。小方同学介绍了双方。

蛋糕店实习生是个真正随和的人，起先他自吹自擂，夸说店长虽然骂他，实际非常欣赏自己，依赖自己，再没有哪个店员可以像自己那样和顾客打成一片，亲切地把钱从他们口袋里拿出来。后来他问小方同学，"你们实习的地方好吗？"

"怎么看好不好啊？"小方同学有头脑地问。

"就比如说，你们加班吗，请假制度严格吗，平均一星期被骂几次，正式员工欺负你们欺负得凶吗，累的时候偷得了懒吗，做错事情罚多少钱啊？"从蛋糕店实习生一连串的问题中，勾画出他本人可悲的工作环境来。女同学颇为遗憾地看着他，他眨着眼睛殷切地等待回答。

"累？每天……每天有一点儿累的。"小方同学不忍心地哄他，知道他吃了挺多苦，急需别人分享一点苦事，好得些安慰。女同学看出小方同学竟是厚道的人，他厚道而可爱，难怪能广交朋友。小方同学继续说，"唔，但是我们那儿主要问题是，实在太没意思了，还是干卖蛋糕的活儿好。"接着就把公司情况极为夸张地诉说起来。

"知道了，这种公司真的是骗实习生的。"蛋糕店实习生说。

"对不对，我说过。"小方同学对女同学说。

"骗我们？"女同学说。

"每年到了这时候，都有学生失踪，出去实习，然后回不来。你想想，你上一届学长中难道没有出过这种事吗？有的吧？"听到蛋糕店实习生说，她愣怔地想，肯定是有的。

蛋糕店实习生在对面的慈善口号中说了这样的事情：人类为了遴选优秀的继承人，他们把即将踏入社会的新人放进实习这道程序里去测试，如果认为一个人好，就马上鼓励他，收编他。如果认为一个人不太合适，对人类的未来缺少帮助，就打击他，再改造他。而如果认为一个人太不合适了，则把这样的人收集起来，销毁，因为他们虽然样子像个人，但再成长也没什么用了，注定是废物了。说到这里他说，"不好意思，不是说你们。"他又说，"你们觉得实习时各种事情是真的吗，也觉得假假的是吧？就像对面那些人，他们当中也许已经有人产生了怀疑，觉得'怎么搞的，老子那自由的灵魂，为什么要念这么僵硬的台词？'这说明我们肯定是在程序里面试炼。我每天来上班都没什么真实感，刚才也是，我一直跟自己说那是假的，是程序使我觉得有，其实并没有一个人在辱骂我，就这么熬过来了。"

蛋糕店实习生还想说下去，突然，他的同伴跑过来了，还没离得很近，就连连向他招手。蛋糕店实习生急跳起来就要回店里，但又停下了，从裤子口袋里掏出一些东西扔到小方同学的大腿上，"给你们，这是我在程序里拼命挣到的。"他们一数，是这家店的十张优惠券。他们感动地抬起头，恰好见到蛋糕店实习生一头钻进了店里。

再有一周，暑期实习就将结束了。

近来职员们不再分派给实习生任何工作任务，仿佛彻底抛弃了他们。他们感到小楼里分明有人，而且和以往不同，职员们都在活动，做一些他们看不见的动作，展开一些他们听不到的交谈，诸多事情发生在楼梯以上，动静传到库房门外，就停止了。这里静得可怕。

这个下午，女同学竖耳倾听，随后在文件柜之间无聊徘徊，柜子上积的灰，渐渐都被他们吸光了、摸没了，库房干净了。她产生了不好的联想，"唉，像被关在地牢里一样。"

"地牢？没关系的，再坐坐吧，我们没几天都要刑满释放了。"男同学说。他用手指抠抠那扇可以望见室外地面的窗玻璃，擦掉了一块污迹，问道，"你出去后最想干什么？"

女同学想了想，没有迫切要做的事。虽然很无聊，也很不安，虚耗着时间，但目前受困的状况，竟没有阻碍她去完成什么必须要去完成的事情，也就是说，她根本没有什么非做不可的事。在晃来晃去的过程中，她想起自己的朋友说实习是很真实的，又想起小方同学和蛋糕店实习生却说这是一个程序，两种观点一起干涉她的思想，就像用视力差别很大的双眼看东西，眼前虚虚实实的，困扰了她。于是她没有说话。

男同学很快忘了索要回答。他有一个较长远的担忧，他还很少为未来操闲心，是最近的经历改变了他，他又问，

"以后，就是再过大概一年左右，我们就要正式进到一家公司里，然后就成天这样子？几个月，几年，十几年，最后三十年过去了，等于一个无期徒刑咯？"

"是吧。"女同学说。她想要是小方同学此时在就好了，他也许可以说出几个减刑的方法。

小方同学不在库房里。他在三十分钟前被行政职员叫上了楼。

当时，门在三人未注意的情况下突然洞开，一股风由上而下灌入室内，行政职员随风出现在门口，他等自己引起充分的注意，就和蔼地呼唤，"小张，小王……"他炯炯有神的眼睛均匀地停留在他们身上，又说，"……小刘，你们来一下。"三个人都愣住了。行政职员挂着笑容说，"大家想帮你们把实习考评表填一填，下周给你们带回学校去。我们在会议室等你们。一个一个来，小刘你先。"他看着小方同学。

小方同学本来闲坐着，他从那张较好的破椅子上站起来，迎接久违的召唤。他脸上不是没有困惑，但神情随即被一种冒险去征服未知事物的勇气刷新了，焕发出光彩，他来不及交代任何话，歪着嘴角向同伴们笑笑便出发，他那轻快的笑容刻到了女同学的心里。小方同学走到门口，行政职员把一只手亲热地放在他肩上，如此阻住了回头路，他们一起走出去了。门在两人和两人之间关上了。

女同学正在敷衍男同学的问题，同时担忧，他们去得未免太久了。这时，门再次打开了，行政职员叫男同学随他上楼。

"小、小刘呢？"他们问。

"在上面。"行政职员回答时，女同学和男同学都吸了吸鼻子，闻到随着门打开，外面空气中的味道发生了变化。

男同学从窗边走到门口，大约需要二十步，他越走脚步越软、越迟疑，不到行政职员面前便停下了，行政职员积极地上前迎接他，同样把手放在他肩上，圈着他走出去了。男同学最后落在女同学脸上的目光相当复杂。门在两人和她之间关上了。

女同学走到小方同学的椅子上坐下，椅子朝着窗，她扭着身体，把手肘搁到椅背上，向身后看去，这动作使椅子发出不安的呻吟。库房里只剩下她自己了。女同学喜欢和别人在一起多于喜欢独处，和别人在一起时稍有争执她也不担心，因为相信人家不会同她认真计较的，不需要计较，她也从不过分争取什么，她是小的，柔软的，驯良的，像海蛞蝓一样的人。假如社会规则不太严厉，哪里都能容下这样的自己吧，她原本想。可是实习以来，她遭受了异样的审视与自我审视，又使她不能确定这点了。

从这个位置往身后看去，库房里没有生气。那味道通过门的缝隙弥漫进来，更浓郁了。

在味道中，男同学前几天说过的一个她不当回事的梦，此时想起来了。而且她确定，刚才在被带走的一刻，男同学自己分明也重新记起那个梦来了——

看来电路将永远坏下去，那一晚男同学照旧睡在寝室外面，似乎刚合上眼睛，走廊上震动了，有人招呼他开会。他想现在开什么会，懵懂地蜷腿坐起来。身边的弟兄们全闭着眼睛，也从各自的席子上坐起来了，他看到仿佛他们心里默数一二三，而后同时把眼睛睁到最大，人人眼中放出两条乳白色光柱，两条互不平行，各有独立意志地指向不同方向。大家缓缓起身，以杂乱的光柱照路，就往走廊尽头走，会议室在那儿。男同学知道这是梦了，在梦里他来到了实习公司，在梦里他将和职员们开大会。

职员的数量原来很多呢，除了同一层楼的，从楼上也陆续走下来一些，都从他的身边经过。他几乎是最后一个进入会议室的，先来的人已经围坐在会议桌周边，后来的人站在他们身后，靠近门的桌子这边没有坐人或站人，因此当他一走进去，他被孤立在所有人之外，同时处于所有人的视线焦点。

他逆着光芒，顺时针环视他们，认出来了，都是曾在各间办公室里见过的职员，男的女的，资深的年轻的。看到了行政职员，他的表情像是笑到一半静止了，和别人不同，他脸前是光秃秃的，但突然他示威一般拧亮了眼里的光柱，它们特别长而且特别亮，原来是他一向收敛起来了。又见到一个人，那是曾叫自己去丢纸的戴眼镜的职员，他的光柱被眼镜片拦成两截。再见到一个人，身形很瘦，很单薄，他感觉见过的，梦中一想，是第一天来时在走廊上观察自己的实习生前辈，他竟然早已被他们同化，成为他们的一员，也许是日日坐在昏暗的办公室里得到很好的掩饰，此时他站在众人当中就比较出来了，他的光柱是短的和微弱的。

判决开始了。男同学知道是判决，是因为有个人以某种方式宣布了，不是语言，而是别的一种什么方式，总之使他知道了，大会的主题正是对自己进行判决。职员们轮流以那种非语言的方式表态：没用，没用，没用。他们说。行政职员说了。眼镜职员说了。实习生前辈也这样说了。大家的目光轮转在表态的职员身上。全员表态完毕。他们彼此碰碰目光，样子像在自由交流，大量光柱乱舞到他头晕。不等多久，会议主持人当庭宣布：这个人没有用！刹那间，所有的目光调整角度，再次全部射向男同学。男同学心道大事不好，他很想说，再认真判一下啊，可是发不出声音。和审判一体化的处决说来就来了，目光集体烧灼他，他立即嗅到自己被烧焦的气味，身体瓦解成无数黑色颗粒，候在会议室外的一阵风刮进来，将他残忍地搅散，卷到门外。

男同学回到了席子上，一摸，身体完整，耳中听到很多呼噜声、咂嘴声，他的同学都在周围安睡，搬到走廊上的电扇呼呼地吹着风。男同学说，作为没用的人被销毁了，这感觉醒来后也像真的。

难道，自己闻到的是小方同学和男同学被销毁的味道？女同学把头靠在胳膊上，说不出的难过，感到了自己的卑微、他们的卑微。她现在似乎听到声响了，有人从楼梯上走下来，把手搭在门把手上，门好像要被推开了。

　　汗从额头上爬下来了，穿过眉毛和睫毛，滴进眼睛里。他骑着自行车在滚烫的街道中迂回，真的苦透了。坐垫后面是个保温箱，外面刷得五颜六色，印着饮料店名字，里面是饮料，冬天放热饮料，现在放冰饮料。他想，这些人为什么不珍惜健康，为什么爱喝垃圾水？尽管以前自己也爱喝，最近他恨这东西了，他每晚都希望一觉醒来饮料店倒闭。

　　他已经送了好几户人家，刚才从短裤口袋里拉出长长的送货单确认，下一家是那个公司。今天路上耽搁了，送过去会有点晚，假如顾客不开心，他就强迫顾客不开心地收下。但是不至于，他知道那是宛如被抛弃在半地下室的三个实习生，手将从牢窗般的缝隙里伸出来，给他们什么他们都开心。他自认处境不佳，但更同情他们，是怎么想的才待在那地方？

　　今天找公司不太顺利，他以为路口一转就到了，但不是。黝黑的双腿一蹬，他又骑到下一个路口去了。他甚至还去了远一点的地方，因为那儿房子和房子之间有个空隙，提供一个视野，方便他探查路况，他以前在附近有困难就用这一招，今天也奏效了。看到了，在那里！他调整好路线，再次寻觅过去，却又碰了一次壁，公司从他的路线上无故消失了。他简直不能相信，心里怒吼一声，压低身体往前飞骑，他要再试一次。

这次他成功了。两层楼的小房子，立在了年轻的饮料外卖员眼前。

年轻的饮料外卖员从保温箱里提出一个袋子，蹲到常蹲的墙边，起先敲窗时很气，这一单生意快弄死他了。但是敲来敲去没人回应，他慢慢冷静了，他已经是一个成熟的打工人员了，成熟的人在工作中应该注意压缩情感，因为消耗不值得。他第一次趴下来看里面，无人的房间，三张空椅子对着自己。把装着饮料的塑料袋留在玻璃窗前的水泥地上，他起身走了。踢开自行车脚撑时，饮料外卖员回过头，疑惑好像闻到了什么，可房子回应平静的神情。他骑开一段距离回头再看，这房子连同周围的房子，全回应他平静的神情。

工作狂

　　啊，真累。我摇晃着身体想。

　　上班从我周身的毛细孔里吸光了精力。今天早晨出门时身体还是满的，一到公司刚用指纹做好考勤记录，精力已经泄到胸口，下午下降到皮带，现在它几乎空了。精力里上乘的精华没了，也许仅剩一点儿精力渣，沉淀在最下面，让腿脚沉重，倒正好维持了重心，使我能在电车里站住。

　　车上满是我这样的人，都是刚下班的，站着，坐着，徒具人形。身体里面，我想应该也是程度不等地空了。我手拉吊环，我的同事拉着隔壁的吊环，他似乎是电车里唯一有精神的人，人们嫌弃地瞟着他，他正在打电话。他这通和客户的电话打得可够久的，语言色彩从严肃过渡到松弛，内容从公事进展到私生活，车窗外的景色则从商务、娱乐休闲到住宅区变幻了大约三四种。我本来不知道有同事在车上，否则一定避开去坐下一趟，然而他突然与我相认，说道，"你是新来的吧，我在办公室看到你了。"接着自报家门。幸亏刚寒暄了两句，客户就打来电话，使我有很长时间免于和他聊天，守护着身体里不多的能量。终于同事收线了，把手机放进西装里面的口袋，一边说，"麻烦啊。"

我攒出了一些力气，冲他敬佩地笑笑，没话找话说，"最近非常忙吧？"

"非常忙，"他说，"我有两天没回家。"

"什么！"我吃惊地说。

"这里比你以前的公司忙不忙？"他问我。

我分析了下形势，他是客户部老员工，应属公司骨干，向我这个入职没几天的新人提出的问题，看似十分随意，极可能带有炫耀公司经营情况好的意图。有些佣人和佣人之间，不就喜欢借着诉说自己有多辛苦，比较雇主们谁更有钱更有排场吗？我看他就像个工作奴。我顺着他说，是这里忙。看他理所当然地点了头。

他与我分享一些公司情况，引领我去更理解它。我都虚心回应，"哦，原来是这样"，"蛮特别的"，"很期待接触到这部分"。其实根本懒得听。

后来他先我两站下车，走上人行道没几步停住了，抚摸胸口，再一次掏出手机接起来。从他面部恭敬巴结的表情判断，又是一个客户来电。

车一发动，窗外同事的身躯缩小了，看不见了。我心说，像我这种人怎么可能是你一伙的，像我这种人只想在工作中开小差，浑水摸鱼，就这样半干半骗地拿月薪，可不要把我当成你。

坦白说，离开上一家公司是由于我犯了错。因为老是懈怠某件工作，逐年累月地，那件事情上出现了补不起来的大窟窿，老板过来查问，刚开始我想遮掩来着，但我转念一想，何必这样鼓起干劲去应付老板呢，那也是一种工作上的努力，是毫不值得的。所以我大方地承认错误，这样一来只需要收拾东西走人就行了，没有听太多难听的话。老板可能觉得我尽管糊涂，尚算拥有诚实的品格，并未在业内传播我的负面消息。他为人真是很不错，要是坏事没被揭穿就好了，还想跟着他干。不多久，我顺利找到了现在的公司，它在一栋租金高昂的大厦里占据整层楼，公司名由两个创始人的名字连缀起来，透出权威感。我想它这么大，人又多，一定好混。目前我还处于摸清新公司情况的阶段，可能是"摸"这个动作累人，再有就是换了个地方装样子，一时没习惯，所以这些天我才会感到特别疲劳吧，我想等以后安定下来，按照我惯常的方式展开工作，就会好的。

但是刚才我忍着半个哈欠向同事道再会时，他却是这么同我说的，使我有点介意："你才刚刚来，肯定会越来越忙的，我们公司有那么一种会让人拼命工作的氛围。明天见！"随后他跳下了电车。

第二天早上，我一来到公司，把西装搭到椅背上，立刻被一股奇异的力量强行按在座位上开始工作了。

以前我是这么干活的，把工作铺开，使别人看得到我有事做，我的视线停留在它们上面，想想心事，双手假忙，时不时站起来晃晃，到了下班时间，将没有推进多少的工作重新收起来，收的时候还要向周围同事说点我今天的工作心得，感叹两声。第二天早上我又上班了，一模一样地铺开昨天的工作，下班时再次收起。如此铺开收起，铺开收起，渐渐地，一些事情缓缓地完成了，另一些事情我发现可以永远不去做完它。有人做了后一种事，也就是无用功，总喜欢向上级抱怨，我觉得这是不对的，因为就像世界上存在无用的人一样，也是有无用的事情，它在起点处是好的，在发展中变得无关紧要，它本身有什么错呢，做做就做做吧。我就偏爱无用功，事情若有若无，人也可以似做非做。

可今天到我猛然觉醒时，时间已经过去了好几个钟头，我没有使用以前的办公技巧，而是一直埋头苦干。

我读了三份简报，做了好些笔记，打了几个沟通电话，又在公司的网络系统里徜徉，追溯一些历史数据。笔啊纸啊，便利贴啊回形针啊，文件夹啊，全摊在桌上，这幅杂乱是自然形成的，而不像我以前上班时要专门精心布置出来。这时，我感到右手食指和无名指之间有根多余的手指，一检查，是那里长时间地夹着一支原子笔，又见手边摆着的一个本子上画满符号，仔细瞧瞧，我竟随手做好了未来几天的时间表。咦，我不爱工作的呀，这是怎么回事！

我压制住惊奇抬头一望，看谁能帮我理解我自己。我们这部门共有十几个人，坐在一间充满温和的工作噪音的中型办公室里，每两三个人的办公桌拼在一起，这样就形成了一些岛状的区域，同事都在各自所属的小岛上忙碌，但有时他们也将身下的工作椅一滑，划舟渡海地到达邻近的小岛，与别的同事商量事情。由于我是装腔老手，不由对他们全体进行仔细的辨识，结论是，要么他们的演技实在太高明骗过了我，要么就是每个人都在真正地认真工作。这很奇怪，因为照道理说，一个集体里面总是按一定比例暗藏了偷懒的人。

刚才我肯定是被他们感染了，我应该马上清醒过来。"好饿啊，得吃点什么。"我轻声说着站起来，看看时钟，差不多可以吃午饭了，遂独自离开办公室。经过别的办公室的大玻璃，见里面都是我们办公室那样的人，都坚守不动，我决心第一个去吃午饭。

我随便吃了块三明治，即便吃完也纵容自己留在快餐店，又想买个冰激凌，店员介绍说这个是经典款，我说那个呢，她说是人气新品，我又指着另一个，她说这也很不错的，我说好的吃吃看。最后我磨磨蹭蹭地回到公司时，起码离开了一个钟头，但又像只离开了一秒钟，每一间办公室里的每一个人完全没有移动过的迹象，仍在卖力办公。我不但吃饱了，还吃了额外的甜品，心里有罪恶感。

我坐回去，目睹两只手自动抬起来分别去摸键盘和鼠标。心里警惕地想，绝不能再干，我已经超量了，再干就不划算了，从现在起玩玩儿吧。

整个下午，我几次阻止自己，但发觉每次没过一会儿就又投入到工作中去了。我打电话，敲击键盘，甚至还草拟了一份方案。天啊，我比上午更努力，我在如此真诚地忙碌，从前建设起来的独树一帜的工作理念去哪里了？忽然记起同事昨晚的话，"我们公司有那么一种会让人拼命工作的氛围"，原来是真的。自从进公司以来，我好像的确是一天比一天工作量加码了。此刻我能感觉到它，"那种氛围"，它指引我干这干那，它叫我关上无关的网页，手指放这儿，点击这个地方，眼睛看这里，停下来，拿笔在打印稿上做一个记号。它越用我，越用得顺手，把我当成一件傻里傻气的工具，用于为公司服务。

但当然我不会听任它摆布的。

当晚我稍微用了一些毅力从工作中抽身，下班回家了。

此后每天到了钟点，我都要集中精神默念几声"我要下班"，"真的要下班了"，"这回是真的要走了"，同时双手使劲一推办公桌，利用反作用力让椅子滑离办公桌，人随后从椅子里站起来。走时我不再整理桌面，我现在理解了为什么很多人桌子乱，我怕整理中多看一行字，又会忍不住接着干下去。我尽量抓起西装就走，此时太阳早已下山，公司各部门总是接近满员。而我的这种挣扎，也一天比一天耗费时间了。

一天，我从公司一条走廊上走过去，旁边的会议室里刚好结束了会议，有人正把会议室玻璃墙后面的百叶窗帘打开，于是我突然与那人隔着玻璃望向彼此。是一起乘过电车的客户部同事。门开了，他和别的开会的同事走出来，他们的穿着比我们部门的人要正式，西装裹着的身体有的肥胖，有的消瘦，共同点是每个人脸色都奇差无比，却又神采奕奕，仿佛死人被叫醒劳动，而且他们不知道自己死了，还很认真。我们公司的同事都这副模样。这群人沿走廊走，对开会内容意犹未尽，还在做激昂的讨论，或是双臂谨慎地抱于胸前，或者反过来，像大螃蟹喜欢打很多手势，总之人人沉浸于事业。他们越过我走到前面去了，那人却和我保持一样的步速，并且搭起了话。

"你好吗？"他亲切地问，"适应得不错吧？"

我觉得所有人中，也许只有这个人还算较通人性，懂得关心一点儿工作以外的事情，就说，"行，挺不错的。"

"比前两天见到你时有干劲了。"他欣慰地看看我。

不是前两天，上一次交谈发生在两个多星期前，但我没去纠正他，只说，"对的。"我已经理解了，这些人每天的时间线上只有工作，把其他事情忽略了，他能记得我已经蛮好了。

我展示手里的文件夹，询问他某部门某个人的桌子在哪里。我奉上司的命要把一套文件交还给他补签一个名，按照规范的流程，之后文件才可以流转到我们部门展开对应的工作，然而我往他办公桌上打了一个电话说明情由后，在走过去的路上糊涂了，我对公司的了解十分有限，对于地形不熟悉，到处是差不多的玻璃办公室，里面装着热血沸腾的工作者，我有点迷失了。我的客户部朋友表示，跟他走就对了。

一路上他不断地企图交流工作，看我不主动，就单方面地给出许多建议。有一部分关于时间管理。"在做 a 业务，"他说，"不能等到 a 全部完成再着手 b 业务，那样你的进度会落在后面，要在 a 刚进行得有把握时，让 b 也介入进来，之后是 c、d、e、f、g。"他难看的手在空中弹动，"这样你上班永远不会单调，而是创作出了一组和弦，有声有色。"我心想，那不要累死！但不由得被他的快乐打动了。有人竟如此喜欢干活，喜欢得享受了起来，享受得还想与他人分享，以前绝对不相信有这种事。

他那群同事没走得太远，还在我们跟前，我们一行人走啊走，转了一些弯，横越过一个嘈杂的开放式的大办公室，又转到一条走廊上。公司这块地方我从没来过，心头逐渐爬上了强烈的不对劲。"前面是……"我问。

"我们马上要路过老板的……是老板们的办公室。再前面，我向你指一指你要找的同事在哪里。"客户部朋友说。

说话间我们经过了一块肃穆之地。

前方路的尽头，是一个深凹进去的办公室套间，不同于处处透明的其他地方，视线难以向那里探察个究竟，朦朦胧胧只见一个中年秘书，端坐在套间入口处一张桌子后面，听见他在接电话，由于建筑的纵深感，从这里看去，他整个人笼在阴影里，他所守护住的更深处的地方就更幽暗了，那里是一个独立房间，里面显然坐着我们大老板，也就是组成公司名字的两个人名里排在前面的那一个。在这片空间入口处的白墙上果然钉着他的名字，用的是金色的庄严的字。

这块地方的隔壁，我判断是另一个结构相同的办公室套间，因为墙上钉着另一个名字，也就是组成公司名字的两个人名里的后一个，同样是金色的庄严的字。这个套间在最外面就紧闭大门。使我最为不安的是这里，它死气沉沉。

我们没有从老板们的办公室正面经过，还不到那儿以前，就顺着走廊拐了一个弯。他那群同事先拐过去，他们在那瞬间停下交谈，一起放缓脚步，身体已经转向，而头颈仍然拧着，向着老板们的办公室方向做了一次深呼吸，当他们中有个人转回脸来时，我看到他灰败的侧脸上漾起一波幸福和满足的神情。紧接着我和客户部朋友也走近了拐角，他半阖眼帘，迷醉般地向那里深吸一口气。

他们吸的东西，无疑就是"那种氛围"了。现在我明白了，公司让人拼命工作的那种氛围的源头在哪里。

就在这里。

发源地是两间办公室。氛围尤其像从关起门来的那间办公室里汩汩涌出来，直到填满整间公司，让每个人都受到感染。每当同事们经过这里——我感觉今天他们就是特意绕了远路来这里，类似圣徒专门来朝圣——就尽量多地汲取氛围，因为这里的氛围显然比哪里都浓烈，吸了以后可以更陶醉地去工作。我的皮肤、神经与心灵都感受到了，此时连我，甚至连我也有点把持不住身体里面涌动起来的工作激情，它在靠近氛围源头时蹿升到了峰值。

"他多么可惜。"走出了一段距离，客户部朋友说。

"谁啊？"我强压住工作激情问，我现在就想调转方向，回自己的办公桌办公。

他所讲的是第二间办公室的老板。"那间空关着的房间，我想你知道，属于我们的前老板。他生前和老板一起创业，两个人把公司做大、做强，他们从很年轻时就认识，曾是世上最好的朋友，是合伙人、最佳拍档，至今他也是公司的冠名人之一，不幸英年早逝。"他的语气往下沉，在低谷中叹了一口气，接着乐观情绪重新抬头，"现在，公司仍然保留他的名字，为他留一间办公室作纪念。前老板，他有那种精神，在持续鼓舞我们，他仍然是公司的一部分，没他就没我们。"

不，这些我好像不太知道啊。正要再好好问问，他突然说，"啊，我们到了。看到那张桌子了吗？那个方向，最脏最乱的办公桌，那个看起来最没条理的人就是你要找的，小心别再让他漏掉签名了。那么，很高兴见到你，下回聊。"

我在清醒和瞌睡之间来回摆荡。

像在做一个单摆实验，我是颗晃动的球，被一根绳子吊着，摆来摆去。摆到这儿时，听见会议上有人在发言，耳朵只听进了一句半句，发言人的音量变轻了，听不见了，因为我摆开了，进入了短促的睡眠中，接着我又回到会议上，但刚听到一句话，睡眠再一次夺走了我。

"你晚上没有睡？"有人在耳边低语，他同时拍着我的肩膀，由轻到重拍了好几下，把摇摆的我截停了，截停在清醒中。

我发觉自己在参加一个行业大会，面前的主席台上坐了一排人，都是行业杰出人物，印象里其中两三位在我睡过去之前讲过话，麦克风现在正由一个白发老前辈牢牢把握，将他悠长的职业史诉说给台下听。台下观众席里坐了各个公司的同行，上座率七八成，拍醒我的人不知何时坐在我旁边，他现在还在看我，咧着嘴。我用酸涩的眼睛也看他，几秒钟后认出来，是上一家公司的旧同事。

这个人以前我可熟悉得很。

"新工作很累么？"旧同事问，他的神情在嘲笑我，"你看起来累得要命，累得快死了。"

我失笑，把头靠回椅背，手掌抚摸着两边的扶手，继续瘫坐在那儿。

"你变了很多，我从后排看看像你，又不能肯定，你胖了，你还掉头发，老了好几岁。"他开心地说。

"你不知道我过的是什么日子。"我说，"我现在工作很忙。"

这一说，他也失笑了。我们的笑使得连在一起的这排座位抖动起来。

在上一家公司里，我和他同是摸鱼大王，虽然身边还有其他懒汉同事，可唯有我们两人的能力能够比肩，可以说暗暗创下了双雄并立的局面。我们绝非同一类人，我们怠工的方法与风格不一样，都自认水平更高，因此较量的意味，在当时非常浓厚。每天，装腔作势地做做自己的工作，有空了，我们还去对方桌子前转一转，以大行家的锐眼检视对方的工作状况，看哪些新招管用，又有什么新技巧可以学习，当然我们绝口不承认曾经借鉴过对方的点子。就这样在好些年中，我们彼此促进，亦敌亦友，直到我因一点小事败走他方，我们的关系旋即终止了。我有多久没有看到他了，不过是半年多吧，现在再看到他，真怀念从前，从前真是轻快滑稽。

我们是压低嗓音交谈的，但是，前排还是有个人转过身严厉地对我们说，"嘘！"只好不说话了。捱了一会儿，他说，"走吧。"他不顾台上的白发老前辈，站起来，轻声打招呼，从旁边人的膝盖前跑路了。我看看主席台，后面有个人的发言我有点想听的，但是，算了，犹豫一下也站起来。大家都移移脚，不高兴地给我们让开路。

到了会场外面，他重新上上下下地打量我，眼睛里流露出前所未见的内容：疑惑、怜悯，以及深切的担忧。我知道自己很糟，连日来没怎么睡觉，脸色坏；此外，一天只吃一两顿，每餐都吞得很快以便马上能够回到工作中，于是身体也变难看了，四肢松软，肚腩又大。我已经接近同事们半死人的形象了。我说，"别这样。"他就收起那副目光，又扮演起一名玩世不恭的旧友，对我有点不屑的，喜欢讽刺和挖苦，不过他对我真诚的友谊刚才已经由目光中泄露，被我看见了。我想着我们的交情，又想起公司两位老板，在和我们完全相反的理念的感召下，他们两个曾经一起拼事业，职场真是令人感慨万千的地方啊，它把相似的人拉在一起。

他请我去附近餐厅吃点东西，我们交换了各自的近况，我告诉他，完全是新公司把我搞成这样的。

"你再说一下新公司叫什么。"旧同事要求我。

我清清楚楚地又说了一次，先说出两个老板的名字，最后加上"事务所"三个字。

"好了，你进了红舞鞋公司。"他品品这个名字，皱起眉头。

"什么鞋？"我不理解。

于是他冷笑了，他很擅长冷笑，使一些妄图向他提出工作要求的人心虚，现在他在笑我无知，"这是一个比喻。安徒生这个人你知道吗？对，丹麦人，他有名，写过一点东西。他写了一个童话，叫《红舞鞋》。"接着，他开始讲那个倒霉小姑娘的故事了，有个叫卡伦还是海伦的人，总之她穿上一双红舞鞋，红舞鞋惩罚她以前犯的错，长到了脚上，脱不下来了，她只能一直跳舞。"这种你一进去，莫名其妙地一直加班加点，人也被榨干的公司，我们就叫它红舞鞋公司。你离开老公司，再找新工作应该回避这种的。"

"我怎么不知道有这种公司？"我又问，"你怎么知道这间公司是所谓的红舞鞋公司？"

"天啊，因为有许多传言啊。像我这种人心里都会写一张清单，列出来听说是有问题的公司，具体什么问题不一定，但它们都有一种魔力，会把正常人变成工作狂。这种公司不能去。倒想问问，你怎么会不知道？你以前不是一个烂员工吗！"

我平静了一会儿，后来说，"可能因为我是一个糊涂的烂员工，而你一向是一个精致的烂员工。"我心里终于觉得，争了那么多年得出了结果，他是赢家。

他听了恭维没有高兴，反而少见地显出了痛苦，是眼见志同道合者死去剩自己在世界上落单的那一种。我们隔着餐厅桌子，我看着他，他看着我。

“怎么办呢？”我无力地说。叫卡伦还是海伦的女孩，穿上鞋子后，结局非常坏。

旧同事没有回答，嘴里发出“嘁”的一声，讨厌再多看我一眼似的，把头偏开了。

我们勉强再聊了些别的，到了分手时，站在餐厅外面的马路上，他拍了一下我的手臂，“保重。”说完就转过身走到人群里去了，与我诀别的样子。

这次见面后，一次出外勤时我路过书店，走进去拿起一本安徒生读。现在我知道她叫卡伦。印象深刻的有一节，卡伦穿着舞鞋日跳夜跳，跳到教堂门口，见到穿白长袍、由肩上垂落长翅膀的天使，天使手执利剑说："你得跳舞呀！穿着你的红舞鞋跳舞，一直跳到你发白和发冷，一直跳到你的身体干缩成为一架骸骨。"

想着卡伦的命运，我共计打印过两次辞职信。第一次辞职信混进一堆文件里自己消失了。第二次的情形是，在电脑上确认已打印，跑到打印机边上却拿不到打印件，又回去电脑上确认，再去打印机边上等着，反复多次都不行，突然有同事找我，我走开了，数小时后想起来再去打印室里一看，整台大机器居然不翼而飞，地上留着它存在过的一圈黑印。行政说它坏了，运走修理了。我心头一阵轻松，感觉与命运意思意思地搏斗过，从此受它欺凌也说得过去了。因为此时我已经离不开公司了。

有几次几乎累垮了，接近天亮时分到家后心想，这不正常，现在这个热爱工作的人已经非我了，干脆今天不要去上班了吧，我该去健身，该去时髦场所花钱，去见朋友，去看电影，假如留在家就往家订一箱酒，最好是马上飞到地球另一边旅行，和公司离得越远越好。但是，稍微过了几个钟头，我的身体就控制不住地朝门口移动，穿好鞋子，走到路上，搭上电车，走进大厦，回过神来时又坐回到自己的位子上。一呼吸那种氛围，竟感到欣快，不怎么累了，不断地工作啊工作。

时间在为公司创造价值中流逝。后来又有一天，我再去找那个其他部门的没条理的同事补签一个名。我已经请他签好了，忽然听见什么地方有动静，于是我就往那里走过去瞧，走到了相隔不远的客户部。那是一间规模比我们部门大的办公室，全体人员现在都站起来了，这些面色可怕的人，朝向一个地方热烈鼓掌，被人们圈起来鼓掌的人正是我那位客户部朋友，原来他刚签好一笔自公司开业以来都数得上的超级大单，他又骄傲又害羞地答谢大家。门口围起了更多人，连我在内，全是面色一样可怕的人，长期缺乏休息使我们肢体僵硬，但我们也都奋力鼓掌向他祝贺，因为他为公司做了了不起的事。

掌声渐渐停顿了，大家的手还举在胸前，都感到有股浓厚的气氛于此时逼近，不约而同地贪婪地做起了深呼吸，使气氛滑入喉咙，与自己融为一体。我们侧转身，让出一条通道。一些人正从走廊远端朝着这里走过来了，初始以为是两个人，再一看，我认为是三个！

走在最前面，却又没有走在走廊正中间的，是那位阴沉的中年秘书。我们的老板，我虽然第一次见到，但毫无疑问跟在中年秘书后面的人就是他，他以一种绝对的威严，以把经过的地方对切两半的气势走在走廊的中线上。他的战斗力用在哪里呢，我想当然是工作，以及一切阻碍他工作的障碍物上。然而老板本身是一个病人，一个血肉被榨干、徒留精神的老人，他瘦得仅是骨架上覆着一层皮与毛发而已。

他们非常靠近时，氛围浓郁得令人窒息了。随后他们穿过我们之间的通道，秘书在某处停下，老板与另一个人继续走近我的客户部朋友，老板脸上挂着不自然的笑，抬起手与我朋友紧握，使他迅速地动情落泪。

哗哗哗，我们情不自禁又开始鼓掌。在不息的掌声中，或许凭借常年偷懒成性而养成的最后一丝清醒神智，我看到了我们死去的老板，他以某种似人非人的形态在场，依靠在他昔日的好友、活着的老板身边，他驱使伙伴走过来握住优秀员工的手，控制中年秘书站在旁边督场，也控制着我们全部的人，叫我们鼓掌激动。这人在去世后，永不消散的工作热忱使他留下了，做众人的主宰者。我们如今都是工作狂，是为他舞蹈的卡伦女孩。

在世界末日兜风

他们沉默了一会儿，她的袋子动了动，开口转向他那边，她把头向着袋子一偏，示意他来吃，他接受邀请，手一直伸到由她的上半身和大腿构成的钝角区域，袋子正摆在她腿上，他抓出若干枚薯片来，一圈细盐沾在手指上。不知在过去哪一年，薯片被压坏了形状，它们令他想起别的事，因此看了看才放进嘴里。这味道，还有一嚼就从口腔里爆发然后就近传到耳朵里的咔嚓咔嚓的响声，对他来说久违了。他在年轻时就不怎么吃零食，可现在吃完嘴里的，又伸手到钝角区域，再次从女孩年轻紧实的腿上取来吃。他和她错落地嚼薯片，即使仍旧沉默着，却仿佛你来我往地在讲话。

他们都透过自己旁边的车窗，无言地看向外面。并排坐着吃薯片的地方是计程车后座，计程车停在宽阔的大道上，已经停了好一会儿。

　　昔日这里是地价高昂的商务圈，两边高楼林立。在她那边，隔开人行道，是被称为"综艺帝国"的电视台和广播大厦，往前一点，是金融中心，再往前一点，是世界闻名的电子公司总部。在他那边的车窗外，有另一些与对面相称的知名公司。缩写的企业名称高悬在天空下。曾经的每一天，高级轿车在这条马路上川流不息，穿着好衣服的人们讨论着浓缩了金钱的话题走来走去。但是现在，这里废弃了，大厦里的公司全部关门，没有员工在办公，大厦外面的玻璃幕墙损毁了大半，大厦顶部的企业商标许多坠亡在路边。一切面目全非了。马路上没有其他车。人行道上也没有一个人。富有生命力的，唯有巨大的杂草，它们一丛一丛地顶开地表，长得很高，再从最高处往四面垂落，成为从地底盛开出来的草烟花，庆祝世界末日的到来。小型啮齿动物在摔碎的巧克力般的路面上，在草烟花的根部之间活跃地奔忙。

　　除他们以外，还有一个人。第三个人也就是计程车司机，正站在车外面抽香烟，烟灰如亡魂，飘荡在荒芜的景色中。他们之所以停在这里，是因为司机把车开到这儿，说了声"对不起，得抽支烟"，便跑下了车。他们都看出来，司机是特地来看那块大屏幕的，它就矗立在"综艺帝国"的外面。奇怪的是，城市被废弃多年，它一直通着电，滚动播放以前的几段金牌综艺节目，它在荒城中面向一片废墟，艺人们或许已在世界某个角落悄悄死去了，但他们的特写表情、夸张的肢体动作仍留在这里，被无声地播放着，逗得司机很高兴。司机并未耽搁太久，一抽完烟，他立即放弃了观看，快步走到人行道上，在垃圾箱上揿灭香烟，接着把烟蒂丢进里面。尽管地上垃圾遍地，脚像在浅溪里走路，垃圾箱已成一堆歪斜的废铁，里面不知是多少老鼠的安乐窝，他仍用优秀市民的标准要求自己。

这位不在客人面前抽香烟，还规规矩矩地丢垃圾的计程车司机，满足地回到了驾驶座，戴上白手套发动汽车，车身剧烈一抖，带他们驶向前去。身后的"综艺帝国"越缩越小，同步越缩越小的屏幕上的艺人们仍在卖力搞笑，他们会坚持到地球毁灭。

"两位久等了。"司机说，"每次经过这里，我都忍不住停下来看看。明明知道下面要演什么，不，越知道下面演什么，就越感到好笑，心情变得非常好。我猜想，这就是经典的力量！"司机通过后视镜对男乘客笑笑，他有张使人舒心的圆脸。男乘客友善地点头同意，他又吃了很小的一块薯片。随着袋子瘪下去，他们吃起了小如指甲盖的残渣，而这也成了属于最后一刻的非常美好的回忆。

今天是世界末日，现在是世界末日的下午。

几十年前，科学家观测到一颗直径 500 公里的小行星正飞向太阳系，精确目标是地球，它是 46 亿年历史中地球最大以及最后的访客。当它来做客时，撞击速度将高达 20 公里 / 秒，瞬间就会令地球一部分蒸发掉，一部分变成碎片浪迹太空，最后剩下的未肢解的部分则从地壳到地幔全部被烤焦，所有生命将死个精光。

在全世界范围内发布的这则小行星撞地球新闻，史称末日预告。

消息一落地，人们的绝望感登时引发剧烈动荡。到处都是迟到、失踪、欺诈、毁约、暴食、酗酒、自残、自杀、奸淫、掳掠。道德和法律，两条约束人的锁链不存在了。往往不知道具体原因，街头就发生了大型械斗，把正巧路过的人变成野兽，"真不甘心就这样死去""星球搞得人莫名其妙""不如现在我先动手"，在怒火的催动下，连一次架也没打过的身心羸弱的人也咬紧牙齿握住拳头主动扑进格斗圈，出来时肢体不全，或再也出不来了。

人们死去了。由于没人工作，经济也遭到重创而至死亡。文化也死亡。体育也死亡。一切都完了，地球先于小行星的到来进入了濒死状态。死亡发生得太多，局面反倒相对稳定下来，从这时起，幸存的人们定神一想，不约而同地开始了可笑的迁徙，他们花费很大的代价，往某个经纬度聚集，在那儿深挖防空洞，因为那儿距离小行星的撞击点最远，大概可以晚死半天。

今天早晨，小行星如约逼近地球，湖泊和海洋的潮汐紊乱了。今天真的是世界末日，下午地球就会毁灭。

在此地，离撞击点很近因而半天不见一条人影的城市中，稍早的时候，男乘客先上了计程车。当时他看似无所谓地在路上走，他还不到驼背的年龄，却过早地弯下了身体，有了衰老迹象，样子是无力的、柔和的，像正要穿越废墟去买快餐，顺便再来份午报。他和到处流窜的末日狂徒的形象很不一样，后者从阴暗的地方冒出来，一条街挨一条街、一栋房子挨一栋房子搜寻幸存者，进行抢夺和杀戮，狭路相逢时则彼此残杀。

计程车司机在看到他的那一刻按响了喇叭。他听到了，回身招招手，之后坐上了计程车后座。

"去哪里？"司机问。

男乘客，这位样貌干净的中年人，坐定后皱眉思索，回答不上来。显然刚才他那样走着，走既是形式，也是内容，只是单纯"走一走"，走到哪里天地崩塌便算数，突然间问他具体去哪里，他就愣住了。

于是司机改口问，"兜一兜？"

男乘客回过神来说，"好的，兜一兜。"他不追问，为什么这时路上有一辆计程车，什么人在世界末日还开计程车，并自顾自打开计价器，好像他会给钱一样，这时收到钱有什么用呢。他从两个座椅之间看着计价器上的红色数字，它们以从前社会正常运行时的标准跳动着。他不问，因为就像他自己离开隐秘住处，冒着被袭击的风险，到外面走一走那样，他知道这时别人的行为也是随机发生的，发生后是不可解释的。

就这样开车兜起风来。

他们最先看到的是一个在大街正中烧起两只很大的汽油桶的人，他围绕桶子转圈，抽搐肢体做狂欢状，不时往烈火中扔进形状不规则的块状物。他们尽快离开了，烧桶人不在意他们，但是蛋白质燃烧所发出的令人作呕的焦臭味追击他们直到马路尽头。不久后，一个黑人出现，他从与路垂直的小巷子里疾冲出来，往车窗玻璃上猛拍一掌，接着跟在车旁狂奔。难道他也想上车兜风？司机踩下油门逃离了。他们逃出半公里才醒悟，又黑又红的并非那人的肤色，是半凝固的血涂满了全身，男乘客并且回想起来，有些东西从他腹部里面挂到了外面，当时随着他奔跑直晃动。一个污秽的红色手印留在车窗玻璃上，此后一直留在上面陪伴他们。车又开了好一阵，这回久久没有碰到人，几只野狗跑过去了，一些混凝土碎块改变路面宽度，一堵墙把马路截成断头路，掉头，转了若干次弯，他们在这时看到了那女孩。

女孩身材高挑，单肩背一只购物袋，站在街边招手。开到近处，看出她十分年轻，生于末日预报之后，就是说，一出生就知道运气最好的话也仅能活到今天。离得非常近了，她剪了参差不齐的短发，苍白的皮肤上画着浓重的黑眼影，眨眼时两团漆黑使她显得尤其伤感。至少她神志清醒，没有失常。司机犹豫着将车停下。男乘客移到座位另一边，女孩钻进来，靠着血手印坐好。

在世界末日的下午，他们三人遇见了。既然两位乘客没有明确的目的地，司机把车开去"综艺帝国"前停一停。在司机抽烟看节目时，两位乘客吃着过期多年的袋装薯片。在此之后，三人重新出发，继续在城中打转。

女孩把空的薯片袋子从腿上毫不讲究地扫落。原先背着的购物袋自上车后搁在她脚边，她又拿出一包过期零食，拆开了。

"甜米酒味烤龙……"男乘客读包装上的产品名，女孩特意为他翻动一下袋子，使他可以继续读道，"……龙虾片。"

"古董零食在黑市行情很好，这在哪里搞到的？"司机听见后快速地回头一看，又继续开他的车。

"我妈妈家里。"女孩说，"吃么？"

男乘客默默咀嚼。龙虾片完全不脆了，在调料味中尝到一股霉味。它比薯片糟糕得多，他勉强自己咽下去。"还不错。"他说，停手不再吃。

"呸，难吃得要命。"女孩也不吃了。

"你那袋子里还有什么？"司机好奇地打探。

"很多。"女孩说。

还有车打芝士爆米花、蟹子仙贝、轻盐小饼干、豆乳夹心酥、黄油味马铃薯脆圈、超级辣小沙丁鱼干、脱水水果条、桃子味酒芯糖、梅子润喉糖、乳酸菌汽水糖、可乐薄荷小钢珠糖。她一样样报出来的，全是几十年前热销过的零食。

经济崩溃后，货币断崖式贬值，昨日的巨款到明天就变成零钞，后天化为废纸，人们重启以物易物的原始交易方式。古董零食尽管霉变、碎裂和融化，但在残破的世界中，是少有的能够提供愉悦感的东西，价值相对坚挺。在某些黑市里，蟹子仙贝可以换来手电筒和备用电池，梅子润喉糖换得到紧俏的阿司匹林和肥皂，乳酸菌汽水糖与一把战斗匕首等值。

司机听着零食名称，中途捧场地说着"喔"和"哇"，说了好几次。

"我妈妈……"不料女孩冷笑一声，接着抱怨起来，"她喜欢收藏这些，看成宝贝，费了很大的力气保住这些。"

"嘿。"司机又说。以前，"综艺帝国"爱播某种语言类表演节目，形式是由两人对话，其中一人话多，另一人话少，经常只发出一个单音节的词做呼应，支持对方把有意思的事情说下去，司机好像正在扮演后一种角色过过综艺瘾。后来他又说，"哦？"不过真实情况也可能是，他感到对于她所说的内容不能插手，能插入的仅是这些嘿喔哇，因为他们毕竟过于仓促地相逢而后就要死了。

女孩在司机的回应中说，"我们常挨饿，还受冻，什么都缺，从没有用它们换来一天好日子。"

过去这些年，她和妈妈谨慎活命，从一个可怕的住所迁移到下一个可怕的住所，在人工洞穴般的房子里严闭窗门，外出时提防被人盯上，回到房子里担心被闯入者侵犯和杀死，怕有人在楼下烧起一堆火、黑市换到了有毒的食品，也怕下大雨和北方来的寒流。妈妈始终竭力守护她在末日预报前后搜集来的财产，她不愿意相信人和恐龙竟然差不多，陨石掉下来就会死，还想它们有一天带她重返文明世界。这些零食她既不给女儿吃，也不转手卖，常常拿出来擦灰。昨天下午，女孩出门几个小时后回家，她想地上那两截是什么东西，看来怪熟悉的。原来是一双赤裸干枯的脚从房子的里间伸出来，妈妈躺在地上，死去了。说妈妈是刚才死去的，会有点奇怪，因为皮肤和肌肉已经收干，似乎是从沙漠里取出的死去很久的身体。她想，妈妈应该在死去前就死去了，甚至是一边活着一边死去了，碎成粉末状的希望一点一点腌制了她。女孩在别的房间睡了一夜，醒来后尽情地吃着零食，随后就把剩下的装在购物袋里，走到街上。

"现在这些是我那不负责任的妈妈留下的遗产。"说着女孩又吃起遗产来，"唉真难吃，倒霉死了。"

"别哭好吗？"司机终于说。

男乘客看到稍微有些泪水滚落在她脸上，把涂黑的眼圈洇得更大，使她更像一个被标记出来的很小的悲剧人物。她吸了几次鼻子，镇定下来，一小块接一小块地把甜米酒味烤龙虾片送进嘴里。

"我们还会在这个宇宙中。"男乘客说。

"我们不死？"女孩迷糊地问。

"要死的。"男乘客用一种老教师遇到蠢问题时特别和蔼的方式解释，"再等一会儿，小行星到了我们头上 100 公里的地方时，引力作用首先会在撞击点产生低气压，围绕低气压，空气高速旋转起来，形成超级风暴，那速度接近于音速，一下子，我们就被撕扯得一点不剩了。所以用不着等小行星掉下来，我们和野狗、小老鼠、刚才吃的薯片、你现在正吃的那个虾片，一起灰飞烟灭。只是变成了其他东西，我们还是宇宙中的一部分，和现在是形式上的差别。然后才轮到其他人，那些逃到地球背面的人。"

"听起来不疼。"女孩说。

"非常痛快，我们这里是最好的地方。"司机也鼓励她。

"而且，从今天开始，再过大约 2 亿年，我们又会回来的，在地球上重新形成的原始海洋中，我们成为微生物。"男乘客说，"一切又会再一次开始，只不过等上 2 亿年。"

他们现在离开播放搞笑综艺的商务圈很远了。车子驶过曾经繁华的购物街，驶过曾经的高档住宅，曾经的中央公园、市政厅、博物馆、美术馆和交通枢纽站。可能是想到即将长达 2 亿年吃不到零食，男乘客再吃了一块烤龙虾片，他们也递给司机吃。

汽油耗尽前，小行星巨大的阴影投射到了地面，阴影的边界看似极为缓慢地移动，但是，不管汽车如何加速，它渐渐赶上来了，恐怖的黑暗高悬在他们头顶。下一刻，杀死他们的真空低压风暴就要来临。紧跟着的将是令洋面掀起巨浪的超音速风暴，然后才是击穿地壳的实打实的星球撞击，之后一切都与他们无关了，撞击中产生的光辐射、等离子体冲击波、岩石蒸汽等离子火球将会继续摧毁剩余的生命。直到未来有一天，地球冷却下来，第一场雨落到地面，雨水流到低处形成新的海洋。到那个时候，他们想，假如愿意的话，自己可以回来，先当微生物，再当藻类、鱼、昆虫、蜥蜴、哺乳动物，最后，假如愿意的话，就再当一次人类，把这游戏重玩一遍。

三人吃着零食，计程车往前驶去。

盒人小姐

"你觉得怎么样？"他问朋友。

在场的有好几个朋友，他只向其中一个人硬邦邦地发问，而且问好后胸口往前抵住桌面，目光咬紧那人，样子很凶。实际上，他的脸在灯光下泛红了，一直红到耳朵上，他在害羞，放松不下来，只好盯着一个人，好像可以把窘态缩到最小一样。

大家都了解他，不以为意，一听他的问题就取笑他，坐在旁边的人还用肘部捅他。由于大家同时晃动身体，被他看住的人从目光中逃脱了。接下去，他胡乱看向每个人，都是活泼开朗的脸。在这间餐厅里，他们刚吃了一些切得大块的营养很足烧法却很粗的食物，也喝了酒，神情很松弛。只有他虚张声势。

他是一个恋爱中的青年，因为爱情苦恼，他在聚会中问朋友，自己与那女孩有没有希望？但是没有获得支持，大家都哈哈笑着回答，"一点没希望""想得太多了"。还有人说，"你最多和我姐姐在一起。"

"什么，我和她？"他僵硬地靠到椅背上拒绝，"不要你姐姐。"

对方登时认为受到侮辱，要和他争一争自己姐姐的好坏，虽然平时大家一起玩，就数这个人说自己姐姐坏话多，当她是开玩笑的好材料。争论并不认真，也不持久，逐渐被别的话题消解了，体育比赛啦，周末打牌啦，一种新的娱乐科技啦，大家开始谈这些。但是男青年的愁绪没有过去，聚会结束后，他走在夜晚的路上，还是忧伤。

人家说"一点没希望"是符合现实的，青年边走边想。

青年也知道爱情无望，所以才想从朋友的嘴里寻求假话当作安慰，可是大家整晚都说些有的没的。他奇怪，以前感兴趣的话题，怎么今夜兴味索然了。后来，他忍不住再次为朋友开脱，也嘲笑自己：我都不敢相信的事，却期望别人说它会变为现实，算不算是一种思想上的栽赃？他庆幸朋友没中计。

走着走着，路灯劈头洒下苍白的光，照得独行的青年感到了冷。经过路边隐蔽处的高智能感应喷头，喷头精确地转向他，呲一声，朝他喷出细密的水雾。他从小到大被喷习惯了，只是在刺激下眯一眯眼睛，不停顿地往前走去，走几步路又是一个喷头，又朝他喷射，他穿过一道又一道水雾，走了不太远，裸露在衣服外面的皮肤更加凉了，心情是痛苦难堪。

　　青年走到了人流更密集的地方，周围楼宇气派了，霓虹灯装饰着广告牌，到处是声音和闪光。在一个路口，他和一些行人被交通信号灯拦下。停下的这个地方，周围竖着七八根黑色细杆，从地面一直伸展到人们头上，细杆顶部向着区域中心位置稍微弯折下来，这样就把所有人包围在一个笼状的空间里。一个电子声音从多个角度向站在里面的人说话，声音综合了男声和女声的特点，用凌驾于两类人之上的威慑力，清晰地反复说："请在此等候。请在此等候。"每两句要求或者说警告之间，插入一次短促的蜂鸣声。青年在它的监督下，在此等候。陆续又有人来了，在他前后左右站定，等候。大水雾洒下来了。

　　大水雾从细杆顶部的喷头中落下，经过科学计算，笼罩住他们。和青年一样，人们都默默忍受，脸上的表情显得好像完全没有这回事，既没听到电子声音，也没被淋湿，仍继续打他们的电话，相互闲聊，或者就是一动不动地瞪视着马路对面。喷洒持续了八秒至十秒，在此期间电子声音又把同样的话重复了六遍，忽然喷头一下子收住，那声音也沉默了，信号灯紧接着跳转成绿色，被喷淋的小集体得到这三重允许，可以离开了。他们向马路对面走去。他们刚走开，信号灯转为红色，拦住了下一批行人，电子声音也开始重复说道："请在此等候。请在此等候。"新的一批人马上就要享受属于他们的喷淋了。

细杆子里流的是消毒药水，喷头把它们喷出来，对人消毒。

青年刚才在小马路上已被消了好几次毒，是小剂量和快速的，到了热闹街区，必须接受一次正规全面的大型消毒，而且此后，和走在小马路上一样，随时会被补喷一点消毒药水。到处都安装着自动设备，监测人群密度，计算喷洒频率，以保证药水有效地沾到人们身上。不久前，青年和朋友们聚在一起吃东西，餐厅的墙上也有喷头转来转去，定时对准每桌喷一次，有人会若无其事地用手遮一遮餐具，仿佛顺着聊天比了一个可多可少的手势，就此把饮料食物与药水隔开，但是更多人根本不理会，药水早已渗透他们的身体，再吃点喝点也没关系。

喷消毒药水的原因是，这里已经沦为疫区很多年了。在青年这一代小时候，一种不断变异的病毒曾经差点杀了所有人，它让医院尸积如山，墓园一穴难求，在人们心头留下许多苦痛。至今病毒仍没有消除干净，谁染上就会死，传给别人，别人也会死。传染速度之快，像把一样东西递给旁边的人，病程迅速又激烈，拿到手的人立刻与传给他的人一起死了。人们发现，唯有积极消毒能够弱化病毒活性，防传染，保平安。人们还发现，和死亡比起来，淋点药水实在很好忍受，青年和他的朋友们伴随日益升级的检疫措施长大了。

青年过了这个路口，就越过了一条界线，以外是检疫级别较低的平民区，是他日常生活的地方；以内是都市繁华区，同批被消毒的行人走进来后分散了。人们出入于五光十色的奢侈品店。酒吧与咖啡馆的外面摆着小桌子，坐满对对情侣。一条歪曲的长队从知名餐厅里延伸出来，顾客执着地等候座位。这里还有数之不尽的高级酒店、手工艺术品店、画廊、剧院、歌舞厅，等等。

无视消毒而尽情享乐的人们，脸上尽露欢愉，但时常也会控制不住地泛起抽搐，因为除了感应喷头，还有神出鬼没的小针。人们一天之中要被针扎好几回，被扎时，有另一个电子声音会提示说，"验血，请不要动。"小针和针筒从墙壁、桌子、椅子、树干或任何地方突然冒出来，神秘消失时带走采集到的一小管血。人们避免看向针头，像对喷头一样忽视它。

显性的困扰，或许还数空气。在疫区中心的日夜不打烊的销金窟里，空气尤其湿，待久了，遍身湿漉漉的。消毒药水在空中凝成雾，成群的人把雾搅来搅去，就在雾最浓的地方，有一类和青年样子不同的人，那正是青年今夜烦恼的源头，那是一些盒人。假如喷消毒水、抽血验血、湿空气全能忍受，不能忍受的是什么？青年想，是差别。

主张对病毒进行极端防御的人，把自己装进盒子里生活。盒人数量不多，因为盒子很贵。青年爱慕的女孩最近成了一个盒人，他和她暂别了一段时间，于上周再次见面时，不由大吃一惊，原来她豪掷千金，对自己做了改造。

眼前的马路上就有好几个盒人。青年先看到一个男性盒人从一家事务所走出来，他风度翩翩，穿高级西装，涂抹了充足的发油，使发型饱满地立在头上。他全身是干爽的，因为他被封闭在一个类似玻璃制作的透明盒子里，不吹风，不淋雨，免受消毒药水喷洒。盒子的八角尖尖、棱线直直，又明亮又气派。男盒人从容地走，罩在外面的盒子随着移动，为他在路上开拓出一大块只给他用的地方。男盒人的盒子来到附近，一把顶开青年，迫使他让出道路。青年咽下骂人的话，目送盒子扬长而去。

"逮捕。逮捕。"一辆无人驾驶的医疗车尖叫起来，车顶的红蓝两色爆闪灯冲破浓雾，车开过去时，就连男盒人也慌忙退避，车越过他又往前急冲。此处紧张的气氛缓解了，远处传来骚动声，那里有个人几分钟前被小针采集的血样，送到后台检测后判定不合格，警用医疗车正在抓捕此人。此人前一刻应该还不知道自己将被批捕，不知道会有医疗车直冲自己驶来，他被采完血后，或许正在走路，或许排到了知名餐厅门口的队伍里，他确实感到身体里有点异样，但病毒暂未造成明显不适，毕竟病毒只要攻击他一次他就会死，他发病前对于它极不熟悉，他看到医疗车出现并停在面前，一定会万分吃惊。青年曾经目击过几次感染者是如何被医疗车带走的，其实只要一次就够了，一次的印象就会永恒地刻进大脑。青年的印象里，有个感染者决定不顺从，拔腿逃亡，一瞬间就被从医疗车车厢里伸出来的机械装置钳制住并拖了进去，可能是害怕，可能是病发，但更像是害怕，感染者浑身剧烈颤抖，身体像一具有机乐器大声哀鸣。一入车厢，人们顿时听不见感染者挣扎了，应该是被制伏了。传说中会把感染者送去一个地方等死，不过很多人怀疑不存在那个地方，那个地方就在车里，抓进车里就地扑杀。片刻间，医疗车响起一种与来时不同的警笛声，比较悠闲，比较快乐，它开走了。最后，从高处，从四面，粗如儿臂的管子冒头，消毒药水大喷大洒，对出事地点及附近的人进行强消毒。这就是一般的逮捕过程。

此时，青年及周围的人们发现自己是安全的，又走动了，又翻搅着雾气，雾气把刚才紧张的气氛掩饰过去了。人们都想，幸好不是自己，万幸不是自己。可何时轮到自己呢？

接下去，两个盒人结伴来了。他们是一对非常漂亮的人，男性是一位绅士，女性是一位婉约的小姐，年纪轻轻，都穿高档时装，他们轻快地走着，盒子上反射着霓虹灯光。不同于前一个男盒人，两人为打扰别人表示抱歉，向两边路人微微颔首，宛如皇室成员行过红毯。这也因为他们实在是太占地方了。盒子做了"接驳"，两个立面紧贴，很仔细地对准了边线，因此两只大盒子整齐地并列在路上移动时，是前一个男盒人碍事程度的双倍。盒中两人的关系俨然是情侣，被阻隔在独立的立方块中，做不了普通情侣肯定喜爱的各种身体接触，但他们给人的印象是，觉得这样很好。看得出来他们在谈一件趣事，雪白的牙齿露出来，对着彼此情深意切地微笑，但人们听不到说话声，他们把对外的声音通道关闭了，交谈被限制在两个盒子中。等他们走到某个地方，他们停下来做了一次告别，各用手指沾了一个吻，涂在盒壁上。随后，两个盒子解除接驳，往两个方向离开了。

情侣盒人再次触动青年的心事。这里离他爱慕的女孩住的地方不远，他想起上星期他们约会的情景。

那天天气晴朗，下午时分白云像打开的桌布逐渐铺到蓝天上，风是清新的，这样的天有利于消毒药水挥发，空气稍微的不如今夜湿。他收到女孩的召唤，穿了最好的衣服等在她门口，注意到她新换了大门，移走了本来放在门两边的盆栽，那里原先栽种了一些樱桃红的小花，还有一根长茎上串着许多钟形花朵的花，花连同它们的小叶子，喜欢无害地骚扰人的腿，现在没了。他特地跑到旁边住户的门口，通过确认邻居没错，确认地点是对的，再转回来时，大门正巧向两边打开，露出一个很大的缺口，成为盒人的女孩四四方方地走了出来。"怎么回事！"他听见自己轻声说，"怎么回事？"

他一定是没把表情控制好，也管理不了身体，他向左边和右边分别转身，仿佛旁边站着一些智慧的朋友可以解答疑问，最后他终于转回去面对焕然一新的盒人小姐，结结巴巴地问她，"你怎么，你为什么？"

盒人小姐饶有兴致地看着他团团转，"我做好了'装盒植入手术'，觉得怎么样？"从她嘴里说出的话，通过盒子上半部分的扩音器传到外面，他听来很不习惯，声音有少许延迟，还有一点变形，造成一种错觉，好像不是女孩在说话，是盒子根据嘴唇动作在配音。

"啊，"他说，"手术，是做好了。"

他多少镇定了一点，主要是他开始理智地思考，自己没有立场挑剔她的做法，他们还算不上男女朋友呢，他是单方面地爱慕她，所以他才不知道她消失一段时间竟是去做手术。不但不是男女朋友，自己还是一个外围的人。

外围，他想，现在真的是在外面。

他们并肩走，他看着盒人小姐的侧面，努力转换心情，开一些小玩笑，出于自尊心，想擦除刚才误建的一个没有见识的笨蛋男子的形象。她在盒子中央，无论他站在外面什么位置，她都像一个装在玻璃柜里的展品，离开他几乎五十厘米远，他为了寻找一个合适的地方陪伴她走路，与她交换了几次位置，左边，右边，左边，在那过程中，盒子锋利的四条棱像刀刃似的切割了他好几次，身上很疼，但他说着"对不起"，努力不表现出疼来。同时他猜测，盒子被碰到的感觉会传递到她身体——就是说内部的那具身体——上吗？应该会的，盒子此刻是她的一部分了，两者是一体的，共用一套机体循环系统。后来他决定走在她左边，他在讲些无聊琐事的时候，一直从左边观察她。

手术后，她连人带盒比他高大，造成压迫感。但盒子内部的她，样子比以前更精致美丽了，以前也好看，现在仿佛提升了两个档次，吸引他目不转睛地一直看下去。盒子用了某种技术，使五面盒壁腾空在她周围，她踩在脚下的那层则富有弹性，可以适应大多数地面的状况。仔细看，盒子内壁上有些近似透明的小按钮、可以上下拨动的小开关，时隐时现微妙的光，她能用它们完成一些他还不了解的操作。

他的视线落在他们之间的那层材料上，上面有刮痕。"这里有刮痕。"他说了出来，甚至用食指擦拭了几下，"对不起，我……你不介意吧？"盒子是温热的，这样做，仿佛不受邀请就摸她身体，很不礼貌。青年回想起来，那天他接二连三地做错事。

"这里也有。"盒人小姐没有责怪他，反而原地转身，给他看另一个面上的刮痕。这次他聪明地后退一步，留出空间给立方体旋转用，避免再被割伤。果然另一个面上也有，是某种硬物与它激烈摩擦后形成的。

"我看到了。怎么回事，你有什么感觉吗？"他控制住又要去摸的冲动问道。盒子作为身体一部分的话，那么它们就好比是身上的伤疤了，难道留下时不疼吗？

"因为这是二手的呀。"盒人小姐笑着，态度如同谈论一件衣服。

她告诉他，正巧有一个老盒人死了，人们把那位老太太从盒子里拖出来埋葬，对空盒子进行检疫、消毒和维修之后，就又能拿来给别人用了。"新的当然好，所以要登记排队等很久。不过这个也不错，我的前任始终小心谨慎，把盒子维护得很好，除了你看出来的小毛病，像新的一样。"

　　他们就死去的老太太谈了一会儿，他问盒人小姐：她的死法是什么样？你以前见过她吗，他们给你看她照片或者其他资料吗？你会不会有时能想出来她从前就站在你现在站的位置的那副样子呢，想到时你害怕吗？有几个问题，他问出来就后悔了，它们继续标示出他位于她新生活的外围。

　　她挑选了一些问题回答，由于回答不太连贯，青年就加上想象，那天之后回想起来，不清楚哪些部分是听来的，哪些部分来自想象。这个老盒人，要把她归入时代的推动者行列，但她不是台面上的决策人，她是实验室里搞科研的，人到中年时已是某课题的骨干，这一课题和盒人技术平行发展，"平行"说明白点，就是他们这组人反感盒人技术，认为它属于由资本推动的机甲研发，偏离了纯粹的科学精神下的病毒研究方向，重视它就等于降低自己课题的地位，因此两方面长期是竞争关系。直到发生了一场重大事故，打破大家的立场。在实验中心，有名研究人员操作不当，致使活性很高的病毒泄漏了，他当机立断地做出英勇表现，立刻启动实验中心应急机制，定义危险级别为五级中的第二级——这是准确的，电脑迅速封闭大片区域，他连同附近几个实验室的无辜者被封锁在内。死亡来得很快，其他科学家在玻璃墙外，在监视器前，集体观看了惨况，甚至采集了数据。没有人特别责怪那位研究人员，这虽是事故，但也是牺牲，是对科研的终极奉献。事故削弱了各个研究室的实力，没预料到的是，很多科学家从此调整了研究方向，A站到了B的小组中，B站去了C的小组，C新建了一个小组，他们从同一事件得出不同结论，都鞭策自己从此以后朝着各自结论所指向的方向加倍努力，目的都是早日做出成就，解救人类。于是科研队伍重新洗牌了。老盒人有一个亲密同事死于事故，传言这种亲密关系也长时间地延续到工作以外，不知她经过哪些思考，当她最终站出来后，就坚定地宣布放弃原先立场，余生将全力支持盒人技术。正是在她的领导下，又经过多年奋战，人们终于攻克了该技术最后一道难关，可投入民用的盒子造出来了！这时她在科学界已获得极高地位，她要求把自己植入盒中，理由是必须有专家从盒子内部继续深造该技术，她在盒中将近十年，继续完成一些重要论文。到了这天，人们看到她的盒子横倒在街头，老科研工作者的身体不再位于立方体中央，像风一吹，一朵老花飘落下来，掉到了盒子内壁上，皱缩得比她活着时小了一点。人们摸摸盒子，已经冰冷了，敲敲它，里面的人没有反应。好心人试着把盒子扶正，她顺着一面内壁滑到另一面上，仍然趴着没有反应。于是专业的救护人员被叫来了，他们开另一种医疗车，运走老盒人，在救护中心打开盒子，将她与盒体分离。她死于衰老。

青年闭上眼睛，看见老人像一只贝类动物从壳里被剥出来，而在意识的一角，他也想象了走在身边的盒人小姐日后将迎来的大结局。

青年沾了盒人小姐的光，路上的行人由于盒人走过来了，自动让开路。路上还有少量别的盒人，他看到，盒人们用目光向同一阶层的自己人互致问候，一个帅气的男盒人目光灼灼，从远处开始视线就黏在盒人小姐身上，然后像渔夫收紧钓鱼线一样向他们直走过来。青年吃惊地想：一个人怎么能保持这么长时间不眨眼！男盒人走到他们面前，用力盯看一眼盒人小姐，挤出自负的笑与她打招呼。青年又气愤地想：他看上了她，对她有兴趣，想接驳！似乎听见青年的心声，男盒人最后用余光冷酷地一扫他，瞪着眼睛走到他们来时的路上去了。

当他们停在一个以前去过的街心花园时，青年的头发湿了，他不安地用粗大的手掌将头发从额头全部往后撸，衬衫现在贴在他胸口上，肉的形状从布料下透出来，因为一路上喷头一遍接一遍地喷他，而且消毒药水刺激到皮肤，擦伤的地方在弹跳，让他除了疼还分心。他殷勤地为盒人小姐移开一些障碍物，在花园里一棵树下整理出一片容得下她的空地，她走过来，整洁如初，让盒体轻轻倚靠在那棵树的树干上，高处的枝叶垂下来，盖住部分盒顶，在她周身打出美丽的阴影，她双脚悠闲地交叉着，偶尔用一只脚擦擦盒底，在盒子和泥土之间，压着几片落叶，她的脚描着落叶的形状。他仍然距离她约五十厘米，感到了两人在病毒面前的阶级差异，尽管女孩用的只是二手盒子，自己还是显得卑微。

那天他们究竟做了什么有意义的事情吗？回想起来不过是他接到电话后见她了，这么走了走，谈了谈。

他记起其中一件事，她聊到了正给爱狗定制盒子，快要交货了，马上就能把小狗植入了，熬过短暂的分别，等小狗有了小盒子，就可以和自己的大盒子接驳起来，共同生活，狗再也不用经常抖它的湿毛，冒被感染的风险。她说这些话大约是在回答他的问题，因为他好奇她的选择，关心她的感受，虽然现在记不太清，当时肯定是笨拙地问了许多要如何处理各种事情之类的问题，于是通过扩音器她的声音传到树下，她说，甚至不会寂寞，她还能养狗。

"啊，这样很好，很不错。"在她说话时，青年多次回应道。

青年皱起眉头，眉心的皱纹扭成一个歪的大叉，在他脸上停留了很长时间。她的话不费解，解释了一些表面问题，然而他还是不理解埋在那下面的、位于她思想中的东西。

青年倒不是说他认为自己活得好。事实上，糟死了。不能彻底消灭病毒，人们每天都面临危险，病毒总是变异，消毒药水也得跟着升级，有时候的药水像臭袜子、烂水果和死去两周的小鱼混合后榨的汁，不小心跑进鼻子或嘴里，恶心透了，即使是最温和的配方，也让人如同日夜被泡在福尔马林里，却还活着，能走路，手脚的皮肤皱巴巴的。监测系统还会使你老觉得被偷看、质疑自己不干净。就更别提被针扎，还有谁也不知道何时会在雾中被医疗车带走，被扔在隔离区一个人悲惨地死去，或者更糟，在车里就被分解成没有生命的碎片。这种生活谁能真的乐此不疲？虽然有时候忘了理解现状，但只要仔细一理解，就绝对理解不了。青年理解不了这种生活，不过，他也理解不了几乎脱离了这种生活的盒人，可以说，更不理解他们，他们把自己制成了昂贵的标本。他有些责怪刚听说的老盒人，责怪她在科学问题上转山头，又一次责怪使人产生差别的金钱，当然他始终责怪病毒。

"可恶。"看到树的阴影在盒子中移动，反复触摸他喜欢的女孩，她的头发、肩膀、手臂、腰和腿，他却永失机会了，他在心里说道。也可能他实质上想表达的是"可笑"，再或者就是他和她以及全部的人可笑的同时也很可悲吧。

这时，盒人小姐第一次轻敲盒子，用的是食指的第二

134

个关节，敲了两三下，盒子发出的声音类似在交响乐队中最次要的乐器三角铁，音色清脆但音量微弱，在花园中曼曼回荡。

"什么？"鲁莽的青年不及细想也伸出手，掌心贴住盒子，和她的手之间只相隔一层材料。他感觉到一些温热和震动。他们都没有很快撤回手，直到盒人小姐微微一笑，手垂落身侧。她敲盒子是想提醒从刚才起就出神的他：应该走了。他们从街心花园出发，再次经过一些马路，回到她安装了两扇大门的家，其间不怎么讲话了。在门口，她与他告别，到此结束了约会，此后也没再联系他，仿佛那是特地做的永远的告别。

今夜，在聚餐中受到朋友嘲笑，散了长时间步仍排解不了忧愁的青年，发现自己又一次走到了这里。

大门紧闭。极力抬头往围墙上方看，一栋现代建筑的最顶部露出来了，是灰色、精简和阔绰的。几个房间亮着灯。他听见里面有小男孩为了反对什么而阵阵怪叫，再一听，不是男孩，猜是那只即将装盒的狗在睡前叫叫玩玩。

青年徘徊在门口。今夜这附近明显不欢迎他，感应喷头喷出来的药水过多，次数过密，衣服吸饱水分逐渐沉重，头发往后撸了几次后有点打卷，几缕又散落到了额前。另外，光是站在这儿，他就被从墙上蹿出的小针戳了两次。

他没有摁门铃，摸出手机，拨打之前，脸仰着再向房子看一看。"逮捕。逮捕。"一辆医疗车在看不到的地方叫了几声，今夜车真忙啊。这之后，青年的周围非常安静，突出了一个微弱的声音，是机械装置在暗中运动，他知道喷头又一次瞄准了自己，便把脸向预测将会喷出消毒药水的相反方向紧急一扭。但预测失误，药水迎面洒来，量像一小股喷泉。他擦了一把脸，挫败地低下头，盯着手机屏幕看，手指十分珍惜地放在盒人小姐的名字上，在那上面滑来滑去。

今晚我正好在附近，不知不觉走到这里，想来看看……见见你。也许你觉得现在不太晚，现在是有点晚，我意思是，想再见你。

青年练习要说什么。通过合成在盒子里的通讯器，女孩可以接听来电。

不知不觉走到这里。不知不觉走到你这里，也没什么事。

他又试讲了几遍，都不太满意。突然他泄了一口气，手指一滑，点中通讯录里的一个人，在他后悔之前，对方已经迅速接起电话。

"嘿，你在干什么？"他只好说，"你弟弟在干什么，到家了吗？不，别叫他，不是找他。"

对方正是吃饭时说"你最多和我姐姐在一起"的那位朋友的姐姐。她有点儿粗俗，容易快乐，任何一次出现在聚会中大家都欢迎她，却也不重视她。想起她的样子，现在让他轻松。

"你喜欢约会吗？"他突如其来地，流利地就问出来，"比方说，就是今天，现在。"

青年决然地离开盒人小姐的大门，往大马路走去，从大马路上又能重回平民区，回到属于他们的地方。他一面说，"不，'现在'不是指一分钟后，也不是指五分钟后，哪有那么快！但是我正在赶过来，等下见好吗？"他讲着电话，渐渐走到新起的浓雾里去了。

盒人小姐

墨鱼人

　　早高峰，地铁车站控制室。

　　一些穿制服的人在工作，站长也在其中，他接完一通电话，转身指派一名手下，叫他放下其他事，专心观看闭路电视监控系统。本站是一个超级站，十几条地铁线路交会于此，人流密集，通道多得没法计数，即便有的乘客每天早晚各来一趟，稍不小心仍会迷路。控制室墙上，一大块屏幕分割成许多小块，这就是闭路电视监控系统了，站内发生的事，正被多角度地播放出来。盯着屏幕看，仿佛有人打开一个大匣子，里面饲养着几万条活的蠕虫，在无序地动来动去。

　　但运气真好啊，只花了不多的时间，工作人员就找到了目标。他伸出手，在一小块屏幕上向站长指出一个可疑分子，他看起来就是怪。

今天一清早，首先是一位女士发生状况，她从座位上站起来，挤出车厢后，无意识地向身体下方看，耸起的胸脯和腹部在她脖子底下连成温软的小山，每天覆盖住那片山岭、为其增添色彩的装饰品不同，今天是一条高级的羊毛围巾，她低下头时，才发现围巾上溅到了脏东西。一团一团的黑墨汁，还未干透。由于早上就被人恶作剧，使她极其不快，她不知这是对她的胖还是其他方面的挑衅，由于围巾本身有纪念价值，还由于她为人就是爱说清道理，所以这位女士立即向最近的地铁工作人员走去，反映了此事。

接下去，在第一宗案件两站之外，一个男人的西装上染到了墨水。立即，在第二宗案件的下一站，一个女学生的格纹短裙和她穿的白色及膝棉袜上染到了墨水。再接下去，又有一些乘客陆续投诉，他们也碰到类似遭遇。并且有人提供了关于疑犯的线索。线索较为粗疏，还不清楚那人底细，但按照时间顺序，把出事地点连起来看，有个结论是清楚的：他正混在毫无戒备的、匆忙奔赴生活的人们之中，一边继续干坏事，把墨汁洒在人家身上，一边向这个超级站移近。

各站站长希望能在事态进一步扩大前，在这一站截停他。于是，接到电话的本站站长接下来指挥了本次行动。

闭路电视监控系统一捕捉到可疑分子，接下来的事就轻而易举了，它暂时放过其他蠕虫，只把这条坏虫摘出来放大，锁定他，专拍他。疑犯下了车，他走上站台，他连续上了两次自动扶梯，他进入一条通道，他似乎就要搭乘另一条地铁到别的地方去，将离开本站的辖区了。看到这里，站长通过对讲机果断下令。在刚才那段时间里，在巨型车站各处调集到的工作人员，已经一点儿一点儿地，从各个方向接近疑犯了，霎时间，他们一涌而出，用一个人圈将他和别的乘客隔开。他们请他去办公室做一个说明。

这过程意外地是和平的，没遭到抵抗。

现在，在有可能请警察介入之前，站长要去和他谈话。

"他本身不是坏人，你一看就知道，他是被某种还讲不清楚的坏事情卷进去的，自己第一个被搞得晕头转向。"在办公室外面，有个工作人员对走过来的站长说。这个人刚才参与了一线行动，后来也是由他把疑犯领到办公室来的，短暂的相处，他对他产生了好感。

站长没有表露态度，他不喜欢预判人的好坏，地铁里什么乘客都有，从高不可及的圣贤、文明而平庸的普通人，到社会渣渣，什么样的人都需要乘地铁去办事儿。疑犯可能是任何人。站长在走进办公室前，皱眉问道，"你身上怎么回事？"

　　"什么？"像电影里意外中枪的人抬手往胸口一摸，工作人员随后把手举到眼前，骂出了脏话。手上的东西类似稀释后的沥青。不止制服上有，领带和他半个松弛的下巴上，也糊着星星点点。站长走进了办公室。

　　疑犯是一个瘦削的年轻人，样子像要去上班，穿正规西装，剪一种时下流行的刘海稍微烫过后再斜着遮住额头的发型。他没有耍花招，老老实实地坐在一张为他打开来的折叠椅上，公文包平放在膝盖上，面前是简易桌子。

　　说是办公室，这个房间也是储藏室，从以前临时放进第一样东西后，不可遏制地堆进来更多东西，它让一两个人坐在里面进行日常办公的功能，在博弈中逐渐死去了，最后只能放东西。但是派一派今天这种用处是很好的。年轻人以及桌椅，陷在杂物中间，它们是些地铁站必要的备用品，有信号灯、信号旗、探照灯、红闪灯、荧光衣、消

墨鱼人　　　　　　　　　　　　　　141

防水枪、消防斧头、防爆罐、轮椅、担架、紧急维修的警告牌和小心地滑的警告牌。大型设备不多，每种小东西的数量都有一打以上，因为这是一个超级站。东西一直从墙边堆到年轻人脚下，年轻人原先正从一样东西茫然地打量到另一样东西，似乎是在寻找他能理解的部分。他把目光从它们之中移开，求助一般投向站长，两股视线在空中连接起来。站长关上了门。

"有八起投诉。"站长坐到他对面的折叠椅上，他一坐下来就这么说。

注意到年轻人默读了自己别在制服上的员工牌，他略去了自我介绍。而且他从以往的经验中知道，这种开头能够做出强烈的暗示，把他喜欢掰开问题、捏碎要害的决心传达出来。

年轻人没有动静。

"还有其他乘客，有人怕麻烦，没投诉。另一些人性情迟钝，要到了公司学校，在别人提醒下才会发觉，而且简直想不起是怎么弄上的。他们都是受害者。监控拍到有个人，表现怪怪的，好像是他给大家制造了麻烦。"站长说，"我们来确认一下，那是你吗？"

他说完盯着对方，等他做一次小小的反抗。但年轻人紧紧攥住公文包，眼睛在刘海下面眨动，他苍白的脸看起来很苦恼，垂下头默认了。

站长继续瞧着他，猜测他。

他被禁闭在地底深处，坐在一堆造型奇怪的工具中间，那副垂头丧气的样子，打动了站长。站长想，同事说得对，他引人同情，他不像是一个专门做坏事的人，比如盗窃惯犯，还有偷撩女人裙子的无耻之徒，这些人他见得多了。也许是什么事情刺激了他，才突然做出反社会的行为。并且，站长进一步评价道，无论他用了什么作案工具对乘客洒墨水，手段本质上很孩子气，这样做是报复不了社会的，墨水只能洒在社会表面，抹黑无辜的人，根本渗透不进正在滋生丑恶的皱褶里面去。

站长没有说出心中所想，但是他问："你干吗这么做？"

年轻人抬起头，自从被带到这里后，第一次流露出想说话的欲望。他把嘴圈成〇型，说："噗。"

一小股力量向站长袭来，落点是胸口那块刻着名字和职务的金属小牌子，站长低头一看，骂出和门外同事一样的脏话。他吃惊地用眼神去询问年轻人，却见到更多墨水朝自己接连喷射过来。年轻人急于解释说明，嘴里持续发出"噗噗噗"的声音，每"噗"一声，就喷出一股细而强劲的墨水，落到站长身上、脸上、他们之间的桌子上，后坐力则使他连人带椅子一下一下往后挪动，把附近的备用品震倒在地。

站长大骂一声，从椅子中跳起来，他明白了，早晨地铁站八起以上的事故是如何酿成的。他当即在心里命名他为"墨鱼人"，和几个小时后，午间新闻里对他的称呼一字不差。

午间新闻对地铁事件做了简略报道。夹在一组快速滑过去的民生新闻里，什么便利店打工少女勾结男友抢劫收银机啦，大卡车着火烹熟整车玉米啦，动物园饲养员在两派猩猩火并中被无辜伤及啦。一则"'墨鱼人'突现地铁站"的新闻并不出挑。

然而到了晚间新闻时段，它脱颖而出了。节目组饶有兴致地制作了长达三分钟的内容，在本地新闻里播出。它由以下几部分组成：

首先，由新闻主持人口播事件扼要。随后，观众们看到地铁站外观、站内人流如织的画面，这组镜头用来表现车站正常运行时是什么样子的。接着，风格一转，"目击者谈"开始了。他们找来的两位受害者上镜很不自然，眼睛看着奇怪的地方，零乱的口语堆叠，有效信息很少，他们向镜头展示脏衣服，都说"不知怎么回事""事情就是发生了""看来是有人喜欢恶意伤害别人呀"。紧跟着，播放了一小段抓拍的现场视频，播完又慢速度地重播了部分片段。然而视频抖得厉害，看得人头晕、糊涂，因此最后由节目组制作了一段搞笑动画，再次加入主持人的口播，梳理事件来龙去脉。搞笑动画是三分钟里最成功的部分，他们用一张截面图表示，这里是地下，且地下有许多曲折通道，一条有心机的卡通墨鱼在通道中移来移去，每回遇到穿制服的人堵截，墨鱼即向他喷射墨汁，制服人颤抖两下就被喷倒在地，墨鱼则跨过人的躯体继续灵活地移动，最后，所有制服人都被墨鱼干掉，节目组在卡通墨鱼身上打上了很大的闪亮的"WINNER"字样，还配上高高兴兴的"噔噔"的音效，对地铁站管理者施以嘲讽。

"把它关上。"站长说。

"为什么？你从来没有上过电视。"他的妻子说。晚饭后，她凑在电视机跟前津津有味地观赏了新闻。她最喜欢的是现场视频。

"我的脸是花的。"站长说。新闻使用的那段现场视频由乘客提供，拍到了某个一塌糊涂的人，而且作为有看头的内容被用慢速度进行重播了，那个人就是他。

尽管视频那么模糊，黑色液体从他脸上流淌下来的过程倒很清晰。只见他顶着花脸东蹿西跳，看起来丝毫没有管理者的风采，更缺少一个超级站管理者应该有的尊严，他就是混乱的一部分，而没有在解决混乱。他叫来几个工作人员，大家朝不同的方向跑去，一齐跑出了镜头。视频没有拍到墨鱼人，实际上这些人，拍摄者和制作节目的人，都没有真正目击到墨鱼人、和墨鱼人正面对峙，他们就擅自把事件定上了闹剧的基调。

妻子不听劝，说她还要看，要去网站找视频，保存下来，反复看。这让他想到，既然妻子喜欢看，其他地铁站的站长恐怕也看了，他们正在电视机前笑自己呢。

"别这样。"他恳求她。

"我喜欢看。老实说你看起来挺蠢的。"她乐不可支，"但是别人会理解你的，你是因为在认真工作。人拼命努力却又做不到的时候，就会流露出蠢态，大家都这样，是很正常的事。"

原来是这么回事，这下人家既觉得我蠢，还看出我无能。但是他又想，这是事实。当时他没能保持镇定，他本可以稳住他，再抓住他，那么晚间新闻中动画短片的结局将改写，"WINNER"将会打在制服人上面。

回想起来，早上在办公室里，自己从椅子中跳起来的一瞬间，神情和肢体语言一定很可怕，也许富有攻击性，像是马上要向对面掷出鱼枪，把墨鱼人活活钉到墙上的样子。墨鱼人随之也从坐着的状态中弹射起来，大惊失色，本应是辩解的话语从他口中噗噗地冒出来，化为墨水并失控了，房间乱作一堆。两人都不知如何是好，面对面，无措地绕着桌子转动。突然，墨鱼人借着吐出水量最巨大的一口墨水，身体往后跌去，撞开了门。黑色蒙蔽了他的视线，等到他踢开地上杂物再追出去时正巧被多事的乘客拍个正着。墨鱼人趁此机会逃走了。

新闻节目也在寂静的地面之下，在一支手机上播出。

卡通墨鱼大战制服人，它连胜几个回合，但尚未赢尽对手，这时手机发出叮的一响，提示电量极低，屏幕那点光不由分说熄灭了，剩下弧形墙壁上的一盏盏隧道灯亮着，照着墨鱼人。墨鱼人叹出一口气，可他心中的唉说出口，又变成轻柔的噗，并在这段闲置的隧道中被拉长：噗—呜—呜。一阵雾状的黑墨弥散到地底空气里，墨鱼人感到身体柔软轻盈，脚掌下垂，脚尖只是轻轻点地，听凭黑雾将自己往反方向推开。在孤独的隧道里，他一边叹气，噗呜，噗呜，一边倒退着往身后飘动。

几个小时后到了深夜时分，地铁结束运营，一队工人在养护和维修轨道时，从隧道里捡出疑似一支手机和一只小牛皮公文包的碎片，它们被开过去的列车反复碾成了难以识别的破烂，但站长坚信那是由墨鱼人遗失，或者说抛弃的。

墨鱼人是谁？他原先过的是哪种生活，出于什么原因变成这副鬼样子？难道是他前一晚吃了一种珍稀海鲜，受到大海的诅咒？还是被某种罕见的病毒感染，在上班途中突变成了怪物？他是否再也受不了所过的日子，企图用某种障眼法遮盖现实，本想从心理上逃避罢了，哪知愿望却兑现到了身体上，致使身体构造改变，口中吐出黑水？那么他现在究竟感觉好吗？

——这些问题成了永远的谜。事发次日，太阳一出，新的新闻从天而降，纷纷掉在昨天旧的新闻上，盖住了它们。下个月，崭新的一大批新闻出现，又把上个月的旧新闻掩埋起来。就像垃圾场里垃圾不断地倾倒在垃圾山上，底下的东西不可寻觅，不能挖掘了。

或许世上仅有站长一人除外，站长并没有忘记墨鱼人。

事情过去了几个季节，在一次轨道交通系统的大型会议中，所有较大流量地铁站的站长都出席了，这个超级站的站长当然也在其中。会议是常设性质的，隔一段时间就要开一次，这一次的会几乎是上一次会的复制版，也能说它照抄了上上次的会，上上次的会有多枯燥，这次也一样。

熬过了一个议程，休息时间到了，站长走到大会议厅底部的长桌子前，倒咖啡，吃点心。他胃里已经灌满了咖啡，也不爱甜食，但此时没有更好的消遣。他带着吃的走到外面走廊上，倚着一个高的圆台子，有两个人比他先来，围着附近一张圆台子，在吃喝，在闲聊。

他往他们盘子里一瞧，见到几块更好的点心。他没有拿到那些，到达长桌子时一些盘子已经空了。他识别出来，那是两个中型站的站长，因为他们在行业中地位较低，自觉地坐在会场边角的位置，反而可以更快地离场取到优质茶点。这公平吗？他思考。

他们在交换一些发生在地铁站里的事，其中一个正在讲他自己管理的站，有一级楼梯老使人摔跤，他站里一半的事故都来自它，无论如何检查都没有任何异常，就是老使人摔跤。另一个站长富有深意地说，那么你要慎重对待。前一个站长说，设置警示语没有用后，他们曾把事故楼梯涂成醒目的黄色，这回效果很明显，陆续有人快速跑到那儿，像受惊的马，摔得很惨，所以他们又把楼梯恢复原状，由着它继续造成一些相比之下不严重的伤害。

"每个站都有古怪，因为地下是神秘的。"中型站站长中的一个吃着点心说。

"每个站。不怪是不对的吧。"另一个说。

"你只要知道怪，不必知道为什么，不能和它太亲密。"前一个又分享经验。

把人锁在里面的厕所门，越修它越坏。LED 显示屏总是不情愿显示某趟车次，一碰到就故意出错。人要是靠近一段铁轨，好像那里有根吸管，随身的东西就会掉下去。等等。他们相互讲了些经历的、听说的事。接着他猝不及防地听他们谈到了自己。

"之前有个超级站混进一只动物，连续伤害多名乘客，也没抓住它。我想想那是什么，蜘蛛？"一个说。

"我记得更像是章鱼。"另一个说。

是墨鱼。他心说，笨蛋，难怪只能管管小站。

他还想再偷听下去，但这时去过洗手间和抽好烟的许多站长都来到了这里，有几个人走过来打招呼。由于他管理的站确实很大，他在所有站长中相当于一副扑克牌里的黑桃 J，有一定身份，大站站长和其他超级站的站长都认识他，他只得应付他们。他们也应付他。

很快，休息时间在了无新意的社交中结束，会议重新开始，大家根据所属站的规模，按照超级、大、中的排位入座。他回身一看，讲闲话的两个中型站站长登时与自己遥亘千里。他在心中又向他们说：笨蛋，而且也没造成乘客受伤。就这样回避正面冲突，完全安全地顶了嘴。

站长对墨鱼人的感觉在变化。

他起初感到受了侮辱。但这不一定是墨鱼人给的，更可能是拜爱取笑人的媒体所赐，因为当舆论迅速平复，刺痛感即刻减轻了。妻子的话也起到安抚作用，她说，你是因为在认真工作，工作时显得蠢是正常的。他想是这样的，自己没有办法。

站长相信，墨鱼人如今滞留在站内了。依照他的猜测，最开始曾有几天，墨鱼人沿隧道分别向几个方向移动过，目的地是和本站相邻的其他地铁站。这一行为类似出差，或者想要迁居前到周边城市做考察，结果看下来大约觉得别的站都不如这里——毕竟，他骄傲地想，这里是超级站，可供藏身的地方超级多——墨鱼人便通过隧道又折回来了。此后他一直没离开，而且再也没有滋扰地铁站运营。这消除了他的戒心。

有时候，他想起小时候捡到的流浪小狗，刚到家时，狗钻到家具底下，自己想找它出来玩，它躲藏着，从一个家具底下匍匐到另一个家具底下，同时呜呜哭泣。白天，透过数以万计的人流，站长感觉到墨鱼人也像小狗似的，谨慎地从一个角落移动到另一个角落。夜里，站长常值班，或许一半是幻觉，另一半是第六感，他察觉墨鱼人的路线图由迷你变得壮阔而诡谲莫辨，忽然在自己上面一层，忽然出现在脚底下的空间，忽然约莫离开了一公里远，跑到了某条站台的最远端。监控系统对他无用了，他摸清所有盲点，绕开摄像头。极偶尔的，还发生过这种事：控制室的大屏幕上，其中一小块变成了黑砖，意味着，关联的摄像头出了故障，派人去检修，原来只是镜头被喷黑了，用干爽的布一擦马上修好了。黑镜头，这是墨鱼人在本站生存的一个证据。

假如这还不充分，站长能够说出另一些迹象。

比如，地铁流浪汉们不高兴了，他们聚集起来，在破纸板上写上加粗的大字，敲响铁罐子进行抗议。集体投诉的问题是地铁站缺乏人性，过快地清理垃圾，使得他们从垃圾箱里掏不出来吃的。而在以前，里面总还有被扔掉的半个汉堡、一点果汁之类的东西。

再比如，失物招领中心存放的物品经常发现被翻动和挑拣过。有人灵活地闪过工作人员，取走他要的东西。乘客什么东西都遗失在地铁上，乘客丢失后，从失物招领中心二度丢失的物品有：外套、鞋、洗漱用品、书籍、酒、药品、茶叶、手表等等。有些就是被拿走了，有些似乎不合用（像是衣服），或是用完了（像是书），丢失几天后又会重新回到失物招领中心。

另外，有条线路经过本站直达东面海滨，每天日出前穿着背心的钓友坐上地铁去钓鱼，接近午饭时间再带着渔具返回。据他们反映，装在钓鱼桶里的鱼虾在经过这站后，数量会减少。得出这个结论花了很长时间，因为很难在半路展开清点渔获的工作，不过总之，他们用某种办法搞清楚了，鱼虾只在这站丢失，并且偷鱼贼从不单独弄空某个钓鱼人的桶，他均匀地从大家那里各拿走一点小鱼。

"答案还不明显吗？这些事指向一个共同的结论。"有一天吃工作餐时，站长罗列了以上迹象，启发他的下属。

下属之一迅速思考，然后迅速放弃思考，他说，"我看不出来。"

"那你怎么解释这些事呢？"

下属乐观地咀嚼，而后说，"可能是卫生没搞好，摄像头脏了。"

"垃圾箱呢？"

"相反，有些地方卫生搞得太好了，过于及时地清理了垃圾箱。"

"就算是这样，"站长说，"失物招领中心和钓鱼人，你又怎么看？"

"这些嘛十分简单，就是登记物品登错了，数鱼也数错了。"

站长想他无药可救了，他记得他就是当时把墨鱼人带进办公室，并守卫在外面的站务员，但是他如今对墨鱼人的真实性无动于衷。除非墨汁泼到脸上，人们才会短暂地注意异状，一旦洗掉，便忘记了。但这也不能怪他们，人真多，谁也不在乎谁，古怪的事不去在乎它，它也就约等于平常的事。

自工作餐算起，又过去了好几个季节，后来站长调任到另一个超级站工作，那里的规模更胜本站，是巨无霸级别的站。他在所有站长中的地位从此大约相当于一副扑克牌里的方块 K。就在站长已经接受了上层谈话，调动令正式颁布之前，他最后一次见到了墨鱼人。墨鱼人宛如知晓了他的动态，是来与他道别的。

那是某个深夏凌晨，站长又在值夜班，他值夜班不必像下属钉在某岗位，而是巡游在他的地下城。在一段站台上，他目送末班车离去，身旁有声音，并伴有奇怪的气息袭来，他一边说着"末班车已经……"一边向他以为的迟到的乘客转过身去。

墨鱼人出现了。

和头一次见面时相比，抛弃人间，遁入地下，长时间以垃圾和别人的失物为生的墨鱼人，他的样子大变了。

他穿一身胡乱凑合起来的衣服，长头发披散，形象介于流浪汉到嬉皮士之间。最大变化在于头，头占全身的比重放大了，嘴部向前突出，当他抬起头时，站长看清他眼睛也变得很大，现在他的头上主要只长着嘴巴和眼睛，别的器官退化了。黑眼珠圆溜溜，嵌在圆形的眼白正中，它们放出两束如此大的视线，笼罩住站长。他的嘴巴在蠕动，从气味上判断，站长想，他在吃小鱼。小鱼放在哪里呢？站长看到他衣服的一个口袋鼓鼓的，一只手还插在口袋里，似乎就是从那里把早上偷来的小鱼摸出来吃。站长提示自己此刻可以想很多，但思绪停在这里，只是想，这不知道是他的晚饭，还是夜点心？

墨鱼人接受站长参观。和上一次在办公室谈话不同，非常清楚，这一次墨鱼人主导了会面。不管由于什么原因变成现在的样子，他脱离社会规则生存下来，既被拘禁于此，同时也掌握了某种自由。他便以这种形象坦白地站在站长面前，愿意被他看一看。

口腔运动停止了，墨鱼人喉咙一动，吞下咀嚼物。他的胸腔随即扩大，吸进一口气，噗，他又吐出空气，带腥味的气流迎向站长，而使他自己往后缓缓退开。站长从这个动作中看到，他的嘴唇现在碎裂成十来瓣，唇瓣成为一些富有弹性的肉片，刚才卷好了藏在嘴里，当口中的气息把嘴唇吹开，它们一条一条地向外飞荡到空中。噗，噗，墨鱼人接连吞吐空气，条状的唇瓣飞起，衣角和头发在空中漫舞，一只手始终神秘地放在口袋里，另一只手垂在身侧，他一节一节地后退，与站长拉远了距离。站长急忙迈前半步，"等、等一等……"他说。但是，回答是又一声噗。这一次，墨汁从墨鱼人嘴中喷出，柔和细密地化为黑色浓雾，完全遮蔽了站台，站长只见有两束光穿透黑色直指自己，那是墨鱼人的目光，站长从而产生了一种忧伤的情绪。他在空站台上站着，当又能看清周围时，墨鱼人从眼前消失了。

海边的女人

为了捡起掉落后又从脚边弹走的口红盖子，女人俯下身，往床底看。折叠床宽90厘米，钢丝床网上铺一张薄床垫，下面从头中尾三处伸出管状的脚撑住地板，它提供旅客简易的栖身地，尽管小，会吱吱响，内侧高外侧低，考虑到房价就不能抱怨了。闪着仿玛瑙色泽的口红盖子找到了，女人攥进手心后，顺便再往床底深处看。小旅馆采取自助式服务，由客人自己干杂务，如分类垃圾、整理房间，直到退房后才有人正式打扫。一定是工作人员吸尘时没留心，她看到，在紧靠墙的地上躺着一条深褐色的东西，也许是袜子，是之前某任旅客落下的。有意无意间，旅客总不会把带来的东西全带走，不知它掉在那里多少日子了。女人站起来，拨弄短发，从挂在墙上的镜子里端详自己，涂抹未完工的嘴唇。

临出发前一刻，旅伴们各自找到理由爽约了，突然间只剩下她一人，因此退掉了酒店大套房，改订这间更随意的家庭式小旅馆。女人想，也不错，本来就没多重视旅伴，现在好了，一路只要替自己着想、取悦自己就好了。这里三面环山一面靠海，是观光资源丰富的海滨小城，交通便利，饮食也闻名，独自度假肯定会轻松又充实的。她在昨晚到达，睡了一觉，现在收拾好自己，锁好门出去了。

当天看了几处鲜花盛开的寺庙，走了长路，打破三餐规律地吃了许多特色食物，太阳很快西斜。晚上回到旅馆洗漱好以后，她和友人通电话，一边说着白天的见闻，一边想起床底的东西，就动手把被子拨开，然后掀起薄床垫。

"在做什么呀？"朋友敏感地发问。

"在弄床，想再看一看……床底下有东西。"这次她从床的上方，透过密集的由钢丝绞成的菱形网格观察床底，然而灯光从她背后洒下，把那东西保护在暗处，看不清楚。"……好像，它和早晨不太一样。"

"是什么，是老鼠？房间里有老鼠，死的吗？"

"幸好不是。是什么不好说，看不清，大概是别人丢的袜子，现在从这个角度看，又不是很像。"

朋友正是从旅行计划中临阵脱逃的人之一，是性格很好但见识平常的人，关心过她住得如何、今天过得好不好后，又聊了一聊，便结束了通话。

她关了灯，躺下去。不久，隔壁响起略微的聊天声。那两个年轻男人，她回来时在楼下的公用厨房里见过了，他们不像她，她从很远的地方来，而他们住在邻近的城市，熟悉这里。他们专程来冲浪，晒得黑，吃得随便，脸上高高兴兴的。聊天忽然中止，其中一人随即打起一波一波小浪般的鼾，她在那富有节奏的声音中逐渐失去意识。忘记了，可以用手机照亮了看，她想。但太疲劳，手和脚都不赞成再做任何事。这样想过后，她真正地睡着了，从不到一公里远的海滩上隐隐传来涛声，与隔壁的人声和谐地交织起来，而海风送来凉爽微咸的空气，一直吹送到她的床边。

"是海带。"过了一天她在电话里告诉朋友，"床底下有一条海带。"

"什么东西？"

"大海里的那种东西，可以吃的，常见的做法有凉拌，和豆腐一起烧汤也受欢迎。我用衣架从床下钩出来的时候它还是湿的，黏糊糊的。"

朋友困惑不解。

她原先也认不出是什么，但确定不是袜子。一清早，她从床底下撩出它，用几根手指拎着它，它耷拉着，他们一起来到公用厨房。放置着供旅客使用的烧水壶、烤面包机和微波炉的架子前，有两只大垃圾桶，一只的盖子上写着大字"塑料垃圾"，另一只写"可燃垃圾"，她站在那儿思考。这时，住在隔壁的冲浪男子 A 走过来，他正要烧点热水做当天的第一杯咖啡。"一条海带，"他往"可燃垃圾"的桶子一指，"如果你不是正要吃的话，就扔在这里。"

冲浪男子 B 更黑更矮，也穿短裤，扎扎实实的腿上鼓出块状分明的肌肉，上面有冲浪板砸出的不少伤痕，他从厨房对面的公用淋浴室里走出来，颈上挂一条毛巾，边走边擦着湿漉漉的乱发，脚步属于那种拥有力量又保持敏捷的人。B 走近瞥了一眼，"一条海带。"他也说道。

两人猜她早起去沙滩上散了步，所以捡回来那条小海带。在沙滩上那东西多得是，海浪把它们冲到岸边，有的原本自然地生长在浅海中，有的原本居住在养殖户用来养殖海带的筏子上，它们经常从筏子上擅自逃出来，然而，顺着波浪到达海滩后，生命也就走到了尽头。但她回答不是的，自己在房间里发现了它。他们听说后，只是见怪不怪地哦了一声，喝咖啡的喝咖啡，擦头的擦头。

　　所以她诧异地询问冲浪男子 A 和 B，"难道在这里，早晨起床后发现床下有海带，是很自然的事吗？"

　　"有时是小鱼。"A 耸耸肩说。

　　"……比如银鱼、鳗鱼、龙利鱼。"B 在旁补充。

　　"有时是螃蟹和大虾。"A 说。

　　"……青蟹、帝王蟹、斑节虾。"B 说。

　　"还有别的海产品。"A 说。

　　"……章鱼、鲍鱼等等。"B 说。

　　"都可能出现。"A 接着说。

　　"海带也有可能。"B 又说。

　　"而且不止海产品，其他类别的东西，这里的人都碰到过，它们会没头没脑地出现。"A 又说。

　　她花几秒钟抓一抓 A 和 B 说的核心意思，他们全友好地等着答疑，她问，"那么，它们从哪里出现，一般出现在哪里？"

　　A 和 B 对视一眼，A 突然把玩起咖啡杯，把杯子端在胸口不知所谓地转来转去，同时避开她的眼睛，接近羞涩地说，"你听没听过那个？"

　　"什么？"她问。

　　"……梦遗。"矮壮的 B 也表现出不好意思来，然而当她话音刚落仍然条件反射般地迅速接话，因为在冲浪板上，在与捉摸不定的海浪进行的对抗和合作中，他早就培养出了机敏的反应能力，不由自主地贯彻在日常方方面面。

　　"这倒是知道的。"她说。她本来可以大方地谈论，此时受质朴的海边青年影响，竟也变得有些腼腆了。是大海使人恢复纯真，她心想。

　　"就像我们男人一样，这里，这个地方也会。它从梦中遗落东西。"A 说。

　　"它梦见什么，控制不好的话就排出来……我是说，掉出来。掉在哪里看它喜欢。"B 说。

　　话就谈到这里，他们很快解散了，分别出门，冲浪男子 A 和 B 又一次向着海边进发，而她带着听来的传闻去了几个景点，吃了著名的银鱼盖饭，沿海岸线乘车时，看到大海上风帆点点，身材健康的人们夹着冲浪板在沙滩上奔跑，少女们则穿蓝白相间的学生制服像音乐短片里喜欢拍摄的场景一样甜美地嬉戏。到了晚上，她把海带以及与海带相关的事，在电话里与那位缺席的旅伴聊了起来。

"海带是海滨小城的梦遗。"她总结道。

说罢，他们笑了半分钟。

笑好后，她说，"他们相信，而且我也信了。"

"那不是真的。旅游地总是会发明一些传说，既有消遣的需要，也有做生意的需要，传说能够叫游客更高兴。"朋友有板有眼地分析。但为不扫她的兴，最后他又善良地安抚说，"信了也很好。我尽管不相信，可喜欢这个传说，它说明你在一个有生命力的地方。"

这晚的睡前时光就如此轻松地打发过去了。

女人感到床缩小了。

不，应该反过来说，是自己在无限变大。

躯体漫出来了，先是大于折叠床，再大于房间。她膨胀的身体碰到墙壁，就探进去如同手可以伸进水里，于是她既留在自己的房间，又有一部分到达了隔壁，她充满了隔壁房间，一下子就包围冲浪男子 A 和 B 的两张小床，包围躺在床上的两个人，矮的舒展了身体仰躺着，宽厚的胸膛有规律地起伏，高瘦的缩在被子下，身形像一条海马卷起来的尾巴，她温柔地包围两位勇于挑战大海的青年而不惊动他们。她也来到了别的房间，同样地围绕在其他旅客床边，凝视他们的睡姿。她来到淋浴间的花洒旁，厨房水池上沥水篮里的空碗中，洗衣机的滚筒里，她成为整幢小旅馆的空气。接着，她不费吹灰之力突破旅馆，侵占了外面街道，她感到自己变大的速度自此加快，成为附近的一切。三条主干街道在召唤她，她分成三股自己，开始向着东、西、北三个方向全力奔跑，在奔跑中铺开身体，彼此再一次连接起来，覆盖所经区域。几乎只是一瞬间，她遍布自己白天到过的依山而建的鲜花盛开的寺庙、吃过的饭馆和走过的曲折小径。她也往高处攀登，一跃就占领了瞭望塔的制高点，朝大海的方向远眺。她在高处的自己不是看到，而是感受到，自己剩下的部分已经往第四个方向，也就是南面的大海而去，那部分的身体一到达海边，立即变为沙滩，又从海面沉入海底化为礁石。

她有空体会了一下整体，整个自己像靠坐在一只无穷大的浴缸里，身上一半干一半湿，那是因为如今自己正一半连着陆地一半连接海洋。轻微的触动从各方面传来，是螃蟹的细脚在她的海滩上行走，水草轻拂她的礁岩，夜风吹过她生长在山间明日才开的花蕾。而与此同时，她还能感受到自己的出发点，那具原始大小的身体仍然存在，酣睡在会吱吱响的旅馆折叠床上。

女人没有慌张，她自然而然地理解了正在发生的事：是海滨的梦溶解了自己，像高温的熔岩融化路上一颗小石头，现在海滨包含了自己，海滨与她正要共同展开一个梦。

这时，世界发生了一次重大变动。她存在于海滨以上的部分，像面包上涂好的一层黄油现在被餐刀重新调整分配了，她在某一处堆积得尤其浓厚，并且越来越浓厚，她不由自主就从那处跪坐起来，而后站起身，化为一个形体巨大的女人，高过于先前登上的瞭望塔。她披散一头本来没有的长发，迎海而立，手中握一支大桨，念头一动她便用劲往海里一划，于是海滨移动了，与大陆之间出现一道裂隙，她连番划动大桨，海滨便彻底脱离大陆，载着她向那黑黢黢的大海深处漂移，月与星为他们照亮前方。

他们摇她，拍她的脸，把她的头扳向侧面，迫使她吐出大量海水。

所以她醒了。

她一睁开眼睛，就见到冲浪男子 A 和 B 并列的脑袋，他们从上方望着自己，他们放弃了上午的大海自愿看护她。

她满嘴苦涩，用手肘支起上半身，看了看自己和周围，唉，情形不能更丢脸了，于是索性又躺了回去。她衣不蔽体，但不至于暴露，海草和海带凌乱地缠绕着，替她遮挡重要部位。人和床垫都湿了，还有量大到难以置信的水在地板上流淌，A 和 B 赤脚站在水中，后来她听说正因为水通过门缝流到走廊上，令他们警觉，才请工作人员开门查看。湿床上有小鱼小虾，数量不多但很有活力，不住地弹跳，她为了获得思考所需的安静，伸手按住了一条鱼。粉色的小贝壳散落在同样湿透的枕头上，它们刚从她嘴中顺着海水跑出来。

"好一点了吗？"A 问。

"虽然很糟，但看起来做了一个好梦。"B 亲切地说。

"唉。"她说着，抬起手臂遮住脸，手臂上裹着的一条凉凉的海带贴到了脸颊上，她的心情是又难堪，又舒畅。

女人推迟了回程日期，她需要休养几天。"手很疼，身上哪里都疼。"她打电话告诉朋友，"主要是手疼。"

"做了什么呢？"朋友问。

"做了梦……"她说。

朋友笑了。

"我……我们……在夜里开船，我一直划桨，划了很久，所以手疼。后来碰到了海里最大的鱼，它跃起来时鱼鳞上的光像装了灯，鱼鳍像钢锯，而我们想征服它，因此和它搏斗了。结果我们没有输，但也没有赢，玩得非常高兴……"她以朋友听得懂的话描述和海滨小城共同的梦。

打这通电话是在白天，说话时她沿海岸线散步，海水舔着她的脚。海上有玩冲浪的青年，离开一定距离，她就分不清 A 和 B，以及他们和别人了。这几天，她一走动，身上就有细沙簌簌落下，无论洗得多干净，依然有沙子从看不见的地方落下来，在她打电话时，它们不间断地掉到沙滩上。掉沙的状况一直持续到她回家的几天之后。

夹克男

我参加了一个聚会，是散漫的那种，先是一个人叫了三四个人，三四个人中有人单独来了，有人带来别的朋友，别的朋友又带来若干名朋友，由此发展出一个目的性弱的中等规模的活动，内容包含吃饭和聊天。

晚饭吃了一会儿，我注意到在长桌子的另一端，有两个男人叠在一起，我原先以为那是一个比较胖因而占了很大位置的人，没有意识到是对难分难舍的好朋友。两个男人中的一个歪着坐，把上半身贴到另一个背上，一条手臂绕过对方脖子悬挂下来，锁死了对方做大动作的可能，他腾出另一只自由的手，不时从餐桌上撩取食物，由于头也搁在对方肩上，食物总像是要喂给对方，不过叉子划过一条弧线，他还是把吃的放到自己嘴里。另一个男人，也即在亲密关系中受到禁锢的那个，向前埋低肩膀和头，无怨尤地承受前者的身体。他们且吃且谈笑，看起来非常要好。

围桌而坐的人们，由类似部落之间传递信号的原始方式召唤而来，属于一张交错的朋友网，彼此不是比较亲近，就是有点认识，信号从不会失手传递给圈外人。可我一时想不出，我认识或知道的人中间谁的举止会那样昭彰，不由经常看看他们。他们仍在亲昵地吃饭、闲谈。许久，底下的人动了动，双肩外展，双手后伸，把盖在身上的人提起来，那动作像是把自己穿着的夹克拿下来再披到别人肩上去，他把那人小心地转移到近旁另一个朋友的背上，于是他自己的身体摆脱重负了，他站起来绕过桌子，朝着大概是洗手间的方向走去，从我的视线中淡出了。

像夹克似的男人，在别人的背上待下来。我继续留意他，心里有些责怪他对前任不忠诚，他和新伙伴关系更好，他们贴得更紧、谈话更密。这晚剩下的时间，夹克似的男人轮流挂在人们身上，假如底下的人要去洗手间、去桌子另一头加入某个话题，或是到餐厅外打电话，下一个人便甘愿接手。他看来和谁都熟，和谁都亲密无间，无论男女，没人拒绝他。当主菜吃完，大家开始吃苹果金橘味的甜点时，他已经沿逆时针方向被传了大半张桌子。再等一会儿，脏盘子撤下去，餐后酒端上来时，他来到我附近，算一算，再被传递两三次，就要轮到我了。我和长桌对面的人聊着天，同时分心想，假如等会儿旁边的人不由分说地把他披到我身上，那感觉会是如何，我该说什么、做什么好呢？情势紧急，我优先担忧起该如何处理，而非思考这到底是怎么回事。正在此时，饭局突然解散，所有人把酒杯一放，移动椅子站起来，全体走到餐厅外面。

我们在路口告别。血液中充入酒精，腹腔里装进饱满的胃袋，咀嚼着交换来的轶闻，朋友们接连遁进神秘的夜色。不久，目光所及，路灯下几乎仅剩一双影子，其远去的速度非常之慢，那是夹克似的男人，和散场时凑巧在他底下的一位在我看来十分不幸的朋友。夹克似的男人把一颗头歪着，脸放在底下朋友的背上，屁股高高撅起，他用双臂熊抱住人家的上半身，双腿弯曲，盘住人家的下半身，靠着上下箍了两道，牢牢攀在上面不掉落下来。底下的朋友在挣扎，犹如和一场只袭击他一个人的暴风雪作战，他猫下腰，双臂前后摇摆，驮着夹克似的男人艰难地往前挪动。

"你好像不认得他了？"一位朋友蓦然出现在身边，和我一道目送他们。当感觉再看下去也没什么意思时，我们同时转过身，离开了路口。这时他说出了夹克男的名字。没有错，我也认识夹克男，他确实是我的朋友之一。我暗暗吃惊于当晚的他离平素印象太远。

"他怎么了？"我问。

"类似……生了一种病。"

"这病不常见是吗？"

"可能是的，但我们已经习惯了。过去这两年，他发作了好几次，假如你不是喜欢躲着我们，而是常常接受邀请参加这种聚会，以前就会看到了。不过没关系，这不是要紧事，不是恶性疾病，也不会传染别人，大家已经习惯了。我们往这边走走好吗？"

我们折向商业街后面一条毛细血管一样的小路，一边是老式住宅，一边是临街商店和餐厅的后门。住宅里的灯光在照耀过房子里的生活后，利用过的、废弃的光被住宅赠送给了外面，光所照到的路之角落，有一个店员正把大袋垃圾拎出来，排列在屋檐下，而后站在旁边抽烟。当我们路过时，双方不动声色地相互审视，都像看着在自己梦里出现的配角。"这条路还和以前一样好。"我说，"感觉一样好。"

我们走着，谈了些各自知道的人的近况，稍后，又谈到了夹克男，我向他承认，吃饭时曾经不住地担心，因为对这种亲密程度，一时还没做足思想准备。"不过，看到大家整个晚上把他挪来挪去，都不嫌麻烦，也无所谓的样子，我又想，万一你们真的把他放过来，我也会假装这是非常正常的事。只要把我们的朋友想象成一条爱扑人的热腾腾的大狗就好了嘛，接受下来，然后想个法子尽快脱手给别人。"

"你的风格如此。"他听了，像以前一样诚实地、不掩饰地责备我，"你没有我的这股热情，我对朋友有非常明显的爱意，愿大家能常在一起。而你总是这样的，不想真正地理解谁，也不大惊小怪。看起来很绅士，是正派人。但换句话说，你对大家无动于衷，你是个无情的朋友。"

这话击中了我，我只好草草辩解，胡乱打了一些人生即迷宫，我们进入得越深，越不应该对见到的事情大惊小怪之类的比拟。心里却认为他说得对。他在夜色中亲切地"哼"的一笑，接下来，向我讲述夹克男的事情。

我们的朋友，夹克似的男人，在某天早上还是一个举止潇洒的人，他到达约会地点，去见一个策展团队，在场的还有一位年轻艺术家。年轻艺术家最近获得一笔商业资助，要用于举办展览。而夹克男作为经验丰富又知名的艺术界活动家，愿意给年轻艺术家以及熟悉的策展人朋友们出出主意，有可能的话，在未来举办的展览中，他还可以担当某个角色，例如"特别支持"，或是"友情策划"，对他个人来说也是在圈子中一次不错的间接露面。这是他们所有人当天聚在一起的原因。这种会议一般不安排在上午，绝大多数艺术界人士喜欢在那时睡觉，但由于复杂的协调问题，他们在早晨刚过一点的时候见面了。这天天气很好，天色湛蓝，云白又轻，适合高谈阔论。夹克男落落大方地走进餐厅，和每个人握手，和年轻艺术家握手并拍了拍他的肩膀。他们一边吃早午餐，一边从务虚开始，渐渐谈到实际的内容，进行着清爽、愉快又有效率的会面。

　　但有一刻，正和其他人说着话，夹克男突然放下水杯，把身体从餐桌那面扭开，往空的地方弯下腰。"等一等，"他对关心地靠拢过来的人们说，表示有一点儿程度不厉害的不舒服，"不知道，感觉不太对头。现在好了，现在好了，没事了，多数是早晨起得太早。"说罢，他坐直身体，靠到椅背上。那阵古怪的感觉过去了，他从滞重的状态中恢复过来，又能如常说笑。

到了恰当的时刻，策展团队、年轻艺术家、夹克男，三方都认为谈完了。第一次开会嘛，要使彼此感觉在一起做事不讨厌，认同大致方向，不需要谈得太过具体，时间还长，变数很多，尤其是，对夹克男来说，他对于此次展览的责任又不重大，无须骤然发力。他们离开餐厅来到阳光下，他再次伸手与年轻艺术家一握。此前他就注意到年轻艺术家的手又瘦又有劲，手背上纵横青色静脉，指甲染着污渍，代表手的主人过的是一种少吃多干、不讲究保养的生活，这双手日常一定是在反复实验奇怪的材料，勤于探索，努力工作。我曾经也有这种手，即使现在，它们还在，只是被一层肉裹住了，藏在身体里层，他不无遗憾地想。遗憾中掺杂一点忧愁。

古怪的感觉就在道别握手时二度攻击了他，前一次迅速消退了，这次没有，它在体内掘开一条通道，最后凝聚到一个点上。夹克男维持握手姿势，瞳孔剧烈收缩，从对方的手一直看到对方的脸，惊讶渐渐升起：糟糕，我的手……它松不开了。年轻艺术家被紧紧拉着手，试探性地在普通的摇动次数上又上下多摇了几次，然后等待前辈松手，但前辈仍拒绝松开。而在我们的朋友那方面，并非没有接收到年轻艺术家的请求，他对自己的手无能为力，唯一想到的办法是困惑地连声说"再见，再见"，希望通过道别的咒语，解开分泌出胶水的右手。年轻艺术家也回应道："……再见。"他们用语言道别了好几个回合，却一直握着手，然后又握了更长时间，其间错愕地往彼此眼睛深处注视。年轻艺术家的嘴唇嚅动几番，终于没能说出什么。策展人全无奈地立在原地。阳光洒落在大家身上。

以上就是我们的朋友夹克男第一次发病的状况。

"我想象不了，"我说，"那天后来应该怎么收场？"

"怎么收场？"从刚才开始，一路上独自连说带演的朋友重复我的话。

为了说与听夹克男的事，我俩已经走了好一会儿，来到了我不熟悉的地方。我们匀速穿行在夜间小路上，说不好经过哪个标志物后，路变宽了，两边建筑物的类型被打乱，商铺混杂住宅，偶尔有小事务所、小彩票站的门面出现，路边时粗时细的绿化树显然栽种于不同时期并从来疏于管理，这里到处呈现多样化的风格，显示我们已从原先老派富裕的区走进了一个新兴热闹而又穷的区。但我们仍然巧妙地走在热闹边缘的安静地方。

"那天的策展团队中，大多数是年轻人，按我们的看法，是一些像人工智能一样的很新奇的、思想和行为都难以预测的小孩子，帮不了大忙。但是，带领他们的、做决定的那个人……"他在这里说了那位女士的名字，"你知道她吧，她和大家认识了好久，是我们的老熟人。关键时刻，她机灵地走到我们的朋友身边，把手放到他肩上，呼唤他……"

说到这里，他停下脚步，我也只好跟着停下。我们正站在某个打烊的小商店门口，它唯一的橱窗里关了灯，但招牌明亮，凑巧照着他。他把手放到我肩上，边表演边说道，"……就像现在这样，我们的朋友和策展人朋友靠在一起。我们的朋友突然深吸一口气，因为他发觉手能够松开了。他连忙像丢垃圾似的甩脱年轻艺术家，用力太大，以至于叫年轻艺术家的手飞到了半空。我们的朋友转而握起那位策展人朋友的手……"

那点灯光下，他不容置疑地握着我的手，我无效地一挣扎，反被他握得更紧。他继续说，"接着，我们的朋友把头伸过去，伸到策展人朋友的肩上，用只有他们两人可以听到的音量，对策展人朋友耳语……"与此同时，他那融合香水和酒精味道的身体也整个靠近我，嘴巴贴住我耳朵，一股热气窜到我的脖子后面，他复述夹克男在恐惧中发出的恳求，"'快带我离开这儿。'"

　　我们可能静止了三十秒，也可能静止的时间稍微再短点，我转动眼珠，听着从这排建筑物外侧的大街上传过来的车流声和人声。之后，他的手终于放开我的手，脸退回到阴影中，他继而把手收进外衣口袋，朝前走去。我急忙跟上他的脚步，又听他说下去，"就这样，策展人朋友牵着他告别大家，为他解了围。我们的朋友此后时不时地犯病。'肢体依赖症'，后来有位医生这么称呼这毛病。发作比较轻微时，就像第一次那样，他只需要有人握住手。发作比较厉害时，就像今天晚上那样，他需要和人进行表面积很大很大的接触。一般性的发作，处理办法介于两者中间。听上去是不是很麻烦，但是，在所有发作中，只有第一次他请求别人带他逃离，以后他克服了不便，照常工作和娱乐。关于我们的朋友，全部事情就是如此。"

"啊，肢体依赖症。"我消化着他的话，喃喃自语。

他再次发出嘲笑我的笑声，同时轻轻摇着头，像是大表演家轻视别人，他有点否认我这位唯一的观众，否认我的理解力或是同情心。

我们这样说着，走着，接近一个越来越大的光圈，嘈杂的声音也从那里涌向我们。原来，我们走光了这条路，来到它的尽头。我们一跨进光圈，眼前豁然开朗，我发现站在了一条宽阔的大街上，人来车往，霓虹闪烁。我的朋友戏剧化地大喊一声：出租车！一辆车应声急停，他匆匆钻进去，道别一声便抛下我离去。

聚会后一连几天，我经常想起夹克男，既想他的病又想他的人，心思飘忽不定。我想起他从前就喜欢帮人忙，他的帮忙不能说是圣洁无私的，因为他要靠着支持别人创作，依附于别人的作品发出自己的声音，毕竟属于他个人的作品少之又少，几乎可以说是没有的。他讨大家喜欢的，不是作品多、才华横溢，或具有神圣感，而是乐观爱分享的性情。他对别人帮着帮着，往往觉得这事有意思、值得做，连计划以外的部分也帮上了忙，最后像宣传自己的作品那样卖力宣传。在作品发表前后，假如说，创作者本人会向公众提及作品五十次，那么，他将至少提及作品七八十次，有时教圈外人误以为他才是创作者。他是如此友善助人，坚持做了很多年后，活动能力与亲切合作的面貌都受到了最大的肯定。谁都欢迎他，至少不厌烦他，谁都需要这样的朋友，连我以前也得到过他的帮助不是吗。而如今，这样的人病了，听说在病中还坚持工作，是有点令人感慨的，那天晚上大家这样对待他也就不足为奇。他人缘好。

　　我绝非朋友说的无动于衷，我听说后心里当然也不快乐。某一晚，我想也许和妻子讲一讲会好些，我们当时已经上床了，刚说个开头，正翻看低层次画报做消遣的妻子就打断道："是绝症吗？不奇怪，你们其中一个人带头生病、去世，只要一带头，就停不下来，其他人排好队跟上去，逐渐地，一个一个地患上了绝症、去世。一开始，你们见面时会花五分钟讨论谁不在了，其余时间还谈艺术，后来你们见面的全部时间都花在讨论生病和去世上面，不谈艺术了，艺术生命比真生命更早死去了。你们到了那个年龄。"

"没有。"我恼火地说。

我尽量耐心地向她解释夹克男的病，强调不是马上会致死的毛病，似乎想通过说明身体不会立即死亡，表示我们大家的艺术生命也还将长存。

我又向她埋怨在夜里一起散步并把消息告诉我的那位朋友，那是一位在戏剧学院里教表演的老师。我说，"我们就算他是个好人吧，不错，他关心大家，希望大家能团结在一起，因为有他这样的角色，我们才聚得起来。但他实在讨嫌。他自己太空了，赖在小圈子里从不挪窝，有聚会一叫就去，自我感觉像是有资格管理一切事情的常务委员，通晓每个人的情况，传播新闻，还喜欢议论别人，他批评我不热情。"

我问妻子，在你们女性朋友的圈子里也有这种人吧？妻子回答她们总在一起，全是常务委员。她又多余地说，我确实对朋友不热情。

"因为我需要时间搞创作呀。"

"明白了，需要独立的时间写书，搞创作。"她说，"等到创作搞好了，就需要又加入大家，靠大家帮自己搞宣传。"

"不是这样的，你老是把我说得很虚伪似的。"我断然否认。以前当过文化记者的妻子，在脱离媒体工作后，总以黑知识分子为乐，我认为不能够为她提供更多素材了，话就到这里为止吧。我再也不和她讲这些引火自焚的事了。

就是在被妻子奚落后没多久，我翻过身背对着她，看到放在台灯旁的手机一闪一闪，接起来一听，不料电话正好是夹克男打来的。

他的声音一点儿也不像在生病，反而朝气蓬勃，像是成功地办完某事后传递来喜讯。寒暄过后，他邀请我明天去他家一趟，不等他把原因说得很详细，我就大声回答他："太好了，我也想去看你，我们很久没有畅谈，那天晚上什么都好，就是没有来得及和你说话。我们真应该见一见，谈一谈！"

我一边说一边转身，希望引起妻子的注意。结束通话后，我通知她，她的丈夫明天就要去探病了，他是一个既有创作力又富有人情味的人，明天就要任由老朋友趴在自己背上，不许看不起知识分子的友谊。她不屑一顾，继续倚在枕头上翻看那本印满男明星的破画报，说，随便我，但既然去了就代她问声好。后来她比较温柔地在另半边床上说，"我不希望他死。"我向她保证，这一代人谁也不会死的，时候还未到。

　　第二天，我在百货公司的食品部转了转，流连在五花八门的巧克力、糖果和蛋糕前。为健康，我戒烟了，意外变得很爱吃甜食，这使我想到我在当前的年龄、在当前的处境下并不能真正摆脱什么，只能用一样东西置换另一样，而它们很可能是同等价值的东西，使我的人生没差别。我看甜食的目的，也许是为了满足爱好顺便拖延时间，到了必须挑定一样礼物的时候，我一下子走到酒品部，拿起一瓶都兰白葡萄酒结了账，带着它去了夹克男的家。

　　夹克男的家在一个不错的地方，你可以从附近停着的车、绿化、人们的衣着和年轻父母推的童车的品牌看出，住在这里的人早就完成了相当程度的财富与名誉的积累，他们既不像真正的富有阶层过着高不可攀和花销离奇的生活，也不像消费水准比较低的人对世界满腹牢骚，他们追逐的目标基本达到了，他们在自己拼装好的安乐椅上，正舒适地坐着。

　　夹克男从自己那把安乐椅上站起来，亲自应门。他说欢迎欢迎，同时把门对我敞开。时隔许久，我再一次好好地正面观察他。一面墙上挂着男女主人的衣服、帽子、包袋，在它们对面摆着一只宽大的抽屉柜，柜子表面放满诸如相框、小钟、钥匙盘子、花瓶与花等小东西，柜子上方的墙上安装一面他刚才定是习惯性地照过了才来开门的镜子，夹克男站在衣帽架和带镜子的门柜之间，他今天穿一件淡色衬衫、薄的羊毛开衫，下面是翻边的九分西装裤、浅口鞋，一副眼镜挂在衬衫领口，表示他之前或许在工作。夹克男的脸比我印象中大了一些，因为如我一样，他的毛发也正在逐渐稀疏，暴露出更多的脸部面积，脸上的两样东西尤其被放大了：额头更皱更大，鼻子也在这段岁月中发生了变化，似乎变得松软、膨胀开来，在脸部中心的存在感得到加强。与此同时，他本来就有点下垂的眼角更加柔和地下垂，呼应同样下垂的嘴角，但当他笑起来时，嘴和眼的延伸线却交会了。整体而言，他略略地老了，显得宽容有智慧，时髦又精神，他的样子，在类似我们这种见面中，是很拿得出手的。好在他没有像我以为的那样扑过来，他独立地站在门里，利用我看他的那一秒钟，他也高效率地打量我，然后他轻拍一下我的手肘，那么愉快地笑着，招呼我进门。

他先走，我跟着他走进去。"真高兴你康复了。"我说。

"快好了，接近康复。这种病每次发作像少年的爱，来得快也去得快。"

我们立刻就从拥挤的通道走到了他的大客厅，在这里有了腾挪空间，他回转身体再次面对我，"那天我对他们说，'快点把我传过去，快点，我想和他聊聊。'但他们动作不够快，没等把我传到你旁边，大家就散掉了。"他说起那天晚上的事，我说抱歉没想到那是你，否则我大可以去找你。他把我手里的东西接过去，连连追问，"你给我带了些什么？一瓶长相思。还有呢，别的呢？"

我犹豫了一下，下决心说"好吧"，把出门后一直拿在手里，带去逛了百货公司，直到刚才为止都以酒瓶做掩护的牛皮纸信封也递了过去。里面装着我的新书，十分新，再过一两个星期它才会出现在书店里。我说，"还只有最先出来的几本样书。本来想等出版社送过来更多的书，再一本一本地送给大家，请大家指教。现在带过来，我太太会认为我太着急，争分夺秒地挟持朋友吹捧自己……但我还是带来了。"

"对的，这才是我在等的！大家都知道这段时间你藏起来了，专心写它。记得吗，我从来都是你新书的第一批读者，我很想立刻开始看。"他说着，正面反面地看那本书，抚摸封面，"我们马上来谈谈它好吗。但是现在，让我先把一点点小事情结束掉。"他拿着书，带我从这间四通八达的客厅到了隔壁他的书房。他不是独自在家，有个小时工等他等得快睡着了。

夹克男架起眼镜，坐到一张拥挤不堪的大桌子前，招呼小时工过去。我之所以能认出那人是小时工，因为她年纪轻轻，脸颊红彤彤的，四肢粗壮，坐在哪儿站在哪儿都怪怪的，她既不是夹克男的女儿也不是他的第二任年轻太太。我能认出她，当然更因为她一目了然地穿一件印着家政公司字样的围裙。听到雇主的召唤，小时工胸口鼓胀起来，又迅速恢复原状，说明她暗中叹了一口气，她不情愿地走到我朋友的身边，在临时摆好的凳子上坐下，把右手交出去。我的朋友伸出左手，与她十指交握。

他举起他们纠缠在一起的手给我看。

"瞧，我还没有完全好。不过病情大为缓和，不像那天那么麻烦了。我雇了个人，每个小时里有一会儿得这样，非得这样，现在就得这样，否则不行。这让我时不时只好用一只手打字，比较慢，因此没能在你来之前写完这篇评论，编辑正在等它。你自便，去找些吃的喝的，在房子里随便什么地方休息一会儿。我就要写好了。"

小时工临时舍弃自己的手似的无奈地任由他牵着，耷拉着两只肩膀，一语不发，只以倦怠的眼神看着我，似乎在说，你这朋友有毛病。我心里回答，你说对了。我想起夹克男刚才对病的比喻，嘱咐他好好享受"少年之爱"，随后退回客厅，留他继续工作。

夹克男的房子起码有五间房间，连接在中央广场般的客厅周围，客厅是房子整体风格的集中体现。这里到处堆满书、画册、杂志、报纸。一些书完全没有翻阅过，另一些正相反，从书页的三面拖出层层叠叠的彩色便利贴。剪贴簿全是大开本，本本里面夹满剪报和便签，厚到令封面关不拢。各种尺寸的笔记本。邀请函和信件散布在若干文件托盘中。墙上只要有容得下一幅画的面积必然挂着一幅画，或两张照片，要么就固定一座立体的艺术品，摆不下的画和艺术品靠墙放在地上，或是立在家具上，它们出自不同画家、摄影师、雕塑家、装置艺术家之手，多数由创作者本人赠送给夹克男，作为一种文艺圈情谊的体现，少数由他买下收藏，那也是文艺圈情谊的体现。沙发、扶手椅、边桌、落地灯、长绒地毯等，能够提供舒适的东西，则是见缝插针地放在以上所有物品的空当中。

一位访客在这里或许会感到压抑，感到不好走路，或感到被画像和照片上的众多双眼睛监视以至于浑身刺痒，但绝不会无聊。我为自己调制了简单的酒精饮料，而后一边喝，一边走来走去地参观，偶尔听到电话铃响起，然后传来朋友沉闷的应答声。从书、绘画、照片和小雕塑上，我认出了很多熟人，他们现在被我分为了三类：第一类创作者永远停留在第一线，作品好坏不论，产量很高。第二类创作者每隔一段时间，就从文艺圈深海的底部浮到最表面，同时把新作像湿漉漉的初生婴儿一般托举到众人面前，索要夸奖。最后一些人，第三类人，他们消失了。旅行作家消失在我们所知道的最后一次旅行中，小说家如今的生活主要依靠旧小说的版税，画家变成一位努力经营艺术空间的老板。然而，房间使我最为吃惊的是，必须承认，妻子的担忧不无道理，第三类中又有一个小类，这些人并非从身份上消失，而是——我们之中早已有了几个人不小心真正地死去了，原来我们竟到了这个年纪。整个第三大类的人，他们都已不再写，不再创作，但以往的作品也好端端地留在夹克男的客厅里，因此走进这儿，恰似走进了专吃文艺圈朋友的一条大鲸的胃里，我见到四面全是文人的遗骸。

在众多双注视我的眼睛中，墙上有一双眼神格外热辣，无论我移动到哪里，它都直盯着我。我看了回去，原来是那幅有名的肖像照，一幅旧日的照片。即使到了二十年后的现在，每每有人炮制出一篇回顾我们年轻时代文艺盛景的文章时，作者也好，编辑也好，都爱用它做配图。照片的拍摄者是我们之中最为风流的一位作家，在某次颁奖后的酒会上，他举起相机拍下了这位民谣歌手兼诗人，她并不是美艳女子，也没有特别为照相做准备，她只是向着镜头一看，绽放出一束如在欢笑、如在倾诉的目光。况且她不是独自一人，她身旁还有其他朋友，他们虽在构图上处于次要位置，陪衬女诗人，但均不失色，因为个个年轻着，意气飞扬着，正像没有入镜的我们其他人，我们当时要是被镜头捕捉下来，一定也是那样好看。总之，这张照片使人一看就领会了我们年轻时候的精神，我们的心灵，和我们在创作上的伟大志向。它富有经久燃烧的热情，谁能不喜欢它呢？

我正与肖像照对视，心想如今不论风流作家还是女诗人，都成了第三类人，不知所终了。夹克男完成工作，牵着小时工一前一后地从书房走了出来，走到我身边，也驻足在照片前。我、夹克男、小时工，三人安静地面向镜框中的女诗人，而女诗人携同她附近的绘画和照片上的其他人从墙上回望我们。我听见自己轻轻感慨："时间过去得多快呀。"一丝怅惘的情绪自此抓住了我。

"她漂亮，是不是？"夹克男晃荡一下他们共握的手，征询小时工的意见。小时工勉为其难地清了一下嗓子。

后来我们坐了下来，三人沙发正好装下我们。我们两个聊起天，聊过去，从消失的女诗人聊到她旁边的配角们；聊现在，尤其是那天餐桌上的朋友们——当晚给我演了戏的大学表演系老师以及别的人，也聊没有出现在餐桌上的朋友们。我们谈起人们的最新动向，哪部新作值得看一看，哪部作品正在创作中未来值得看一看，也谈谁似乎正在转变风格，谁的作品要不是进行大量注解就无法读。负面的评论，说得有所保留，几乎不用语言冷嘲热讽，那是很低级的行为，但是我们还有眼神、表情和动作，少许使用一点，就能向对方传达真正的态度。另外，在许多事上我们似乎看法一致，之后仔细一想，它们多是些空泛的话，也就是说，有时候我们也会没话找话。他说得多，我说得少。就这样，又说到了我的新书。

"我们隔一阵总是会说到你，认为这次一定是颇有分量的作品，不说其他，因为我们大家都到了这个年纪嘛，见解和在意的事情和以前不一样了。你自己怎么看它呢？"夹克男说。

我想，啊来了，要和我谈这个了。于是把心里总是想着的一套说辞流利地说了出来，我们这种人时常在心里自问自答，追问干这活的意义，因此在小说还没写完前，就积攒了许许多多的话，这时却假装是一边正在思考一边说了出来。我谈了谈为什么要写这部小说，我现在的趣味，认同什么，怀疑什么。我说的时候，感觉大家都在看我，女诗人、绘画和照片上的其他人用目光看我，没有以脸出席的人，则派出他们的书籍、艺术品，或寄给夹克男的一张活动请柬作代表，以另一种方式也看着我，在客厅中所有人的围观下我滔滔不绝地演讲了不算短的时间。夹克男凝神细听，不时点点头。小时工也……我感觉……就连她偶尔也听进了几句，特别是在我讲起家庭生活对于写作的影响时，她以一种不同于知识分子的、孕育自民间的高涨的兴趣，从沙发上抬起半个身体，偏着头研究我，她嘴巴一动，我看她就快开口和我闲聊了，但颤抖了两下嘴唇，终于忍住了。

"对的，对的。"在我用一个俏皮的句子做结尾，缓缓停下演讲后，夹克男满足地说，"我多喜欢听这些，书后面的事，创作中的事，它们完全不亚于真的读一本书。这种乐趣，就像去月球背面晒太阳。"

我赞同他，说偶尔谈一下对我也很好，我和你绕到作品后面，我像是坐在你隔壁的一张躺椅上，也在晒太阳一样，得到了享受。

夹克男笑了，眼角和嘴角的延伸线交会了，紧跟着他，首先是女诗人，接着其他观众受女诗人带领，从我们四周纷纷发出若有若无的轻笑，在这间客厅里，出现了所有人齐齐赞同某件事的活跃的社交氛围。

在笑声中，夹克男挪近我这边，和小时工的距离拉远了，左手别扭地拖在那一边，他的膨松的鼻子对着我，以一种倾注了过多感情的口吻说，"我特别高兴的，也是最羡慕的，是你力能胜任。从你刚才的话中，不是吗，你还像从前那样。从前我们做一件事不惜体力，一句话都可能触犯我们的心灵，由此引发我们写大段文章去回应，也可能不是文章，是电影、绘画，或别的什么，总之一点点事情就叫我们变出很多戏法。但不知从什么时候开始，由于我的工作如此，总是要关注大家，我发觉我们这批人不再那样了，受到自然的催促，好像正在变得软弱、茫然，或是冷漠……"

"你是说，老了？"我试探道。

"是的，"他说，"你明白我，朋友。就拿我刚才在写的书评来打比方，那位作家这次就令我很难下笔。该不该褒奖他坚持创作同类题材并深掘其中的意义呢？我犹豫了又犹豫。"

"就是说，他重复并退步？"

"是的。但是，因为大家都正在经历一些变故嘛，这又是可以谅解的。再比如我自己，我也在经历变故。"他又一次谈到自己的病，"'肢体依赖症'，你听别人提起过吗？好的，但他们大概只对你谈了病的表现。至于病因，我看过许多医学专家，他们各执一词，其中有一位医生的观点比较有趣，他认为，发病原因来自心理，是心理问题的躯体化。真正的原因可能是忧愁。"

"什么？"

"忧愁的意思，苦闷、发愁、忧虑、惆怅……"

"为老了而忧愁，是吧？"

"恐怕是的。心有忧愁，害怕从现在开始走下坡路了，并且每一天都会继续往下走，走到……非常不想去的地方。你呢，平时你会不会想，'时间过去得多快呀！'你会的，你刚才站在那里不就说了出来吗？也许你偶尔才想一想。这句话如今在我们许多人的心里流淌，不管好它，它就会自动冒出来。'时间过去得多快呀，我们还能创作出好作品吗？''时间过去得多快呀，别人还会认为我们是多姿多彩的人吗？''我们还能站立在正站立的地方，仍然占据一席之地吗？''我们做错了什么事呢，为什么时间过去得那么快？'可能因为我这样想了，反复想得太多，所以病了，结果要像小宝宝紧紧抓住伸过来的手指头似的，紧紧抓住，一直紧紧抓住什么人，从中找到安全感。"

夹克男的语气真使我想分担他的忧愁，我叹了一口气。

围绕着我们的观众，以女诗人为代表的画像和照片上的人似乎也全轻轻叹着气，要不就是他们的叹息，要不就是突然吹进客厅的一股风制造出混乱的气流，翻动了若干本书，便利贴像彩色的枯枝败叶随书页舞动，几封邀请函和信件掉出了托盘，叹息或风也吹到我们的额头上，吹动我们正在变少的头发。过了一会儿，这场骚动才平息下来。"不好意思。"这时候有人说。我和夹克男都往女诗人那儿瞧，又见她使人留恋的年轻面庞，那双如在欢笑的眼睛跨越光阴注视着我们。"不好意思。"那声音彷彷徨徨地又说，我们恍然大悟，把头转到小时工的方向，原来是她在说话，她冲我们亮一亮自由之手上戴的一块廉价手表，表示收工时间到了，她得走了。

小时工收好装了两张钞票的信封，摘下围裙大致叠了叠，趁夹克男没注意时，往上面擦擦手，她再一次看看我们俩，又以善良的目光单独地看看我，走掉了。

我知道小时工的担忧，因为不久以后夹克男就开始坐立不安，一会儿把手放在沙发坐垫上，一会儿放在大腿上，一会儿抚摸开衫袖子。我说，你愿意的话可以握着我。他说，那么握一会儿吧。便伸手与我一握。他问，这样可以吗，会让你不舒服吗？我说，很舒服。我们继续聊东聊西，却不再把刚才对中年的抒情无节制地铺展开来，这样直到他太太回家，我把我的朋友交还给那位漂亮的艺术家太太，谢绝留下用晚餐的邀请，随后结束探访也回了自己家。

我吃了一些芝士味的手指形状的起酥小点心，时间是在晚餐后，临近睡觉前。边吃边和妻子讲了讲今天在夹克男家的情况。妻子在做脸部保养，无止境地把水啊乳啊倒在脸上，收拾告一段落后，她又在手机上看男明星的脸，她现在已经不再掩饰对年轻男子的兴趣了，她的思想经常有一半活跃在另一个平行时空，假想与喜欢的男明星保持十分亲密的关系。

"那么，他是因为心情不好而生病喽？"妻子总算听进去了一点我的话，随便问道。

"也不完全是心情不好，'忧愁'是特别的，是一种可以一边心情好，一边产生的情绪。"我说。

"我希望，他直到最后都不要太痛苦。"

"得的不是绝症呀，昨天我就说过了。"

"那他喜欢你的书吗？"妻子毫不在意，另起话题。

"他马上就会读的，读了以后会喜欢，或者表示喜欢。他答应过的事会做到，不像你。"我并非抱怨现在，不过有时候会想起从前，想起她曾崇拜过我。她作为新入行的记者出现，很不老练，看得出想灵活行事，最后不过是对着我僵硬地念出事先写在采访本上的问题，因此脸露害羞的神情，完成采访后，又叫我在书的扉页上签名。但是，早在很多年前，她就把那本标记着我们起点的书弄丢了，而且浑不在意，也不找找。我预感，她这次不会把新书看完了，因为距离翻开第一页已经过去了好久。现在，妻子可能把我当成家庭成员还喜欢我，但不再欣赏我的其他身份，不再关心我的写作了，对我不够好。

　　"我会读完的。"妻子听出了责备之意，再一次保证，她又强词夺理说，"虽然我在看这些帅的美的非常非常可爱的男明星，现在看，告诉你，以后我也要看的，但其实我看这个没有妨碍读你的书，看它就和吃饭呼吸一样，我呼吸好了，才能看书。"

　　"哼。"我冷笑一声。由于终于察觉到自己的话是违背情理的，妻子在手机后面也笑了，却继续沉迷在追星的情趣中。

当天夜里一睡下去，我立刻做了一个短梦。后来，我蹬了一下腿，同时急喘一口气，醒了过来，看看床头的钟，分针相比入睡时只移动了一点点距离。妻子躺在我身后，兴许想着英俊但肤浅的某个男青年，正沉入梦中。我看向卧室的尽头，月之刃在窗帘上割开一道缝隙，有条白光一半照在地板上，一半已经爬上了我们的床。刚才那个急切袭来的短梦，我想就是由月光从遥远的地方递送到枕头上来的。

在梦中，我又回到了不久前聚会的夜晚。满桌都是相熟的朋友，女诗人也在座，独有她是年轻的。餐厅里没有灯光，靠她持续不灭带笑的面容，照亮了正在老去的我们。我坐在长桌子的一角被人频频问起近况，我愉悦地回答着，从人们的反应来看，我说得很好，我说几句就看看女诗人，见她以目光鼓舞我，于是我又说下去。我感到了和同类人永生永世聚在一起一般的快乐，还有无穷尽的心意想倾吐给大家。这时，邻座的朋友突然把一件重物披到我身上，那重量使我朝着餐桌压低了身体，更靠近白盘子上的苹果金橘味甜点了。由于我已经真实地经历过那晚，所以在梦中并不吃惊，知道是夹克男来了。夹克男温热的胸口紧贴住我的背，头搁在我肩膀上，这位对过去有着一片痴情的人，开始轻轻感叹。奇妙的是，当他一开口说话，我的嘴巴受到一种力量的控制，也说了起来，因此我们异口同声地，温柔地说道：时间过去得多快呀！我们在梦中融为了一体。

使喂养人害怕的猫

厨房水池的下水管由于使用过久，弯头处蚀穿了，锈水从一个小洞中渗出，发现时，已经在下方地面上积起一片不透明的红褐色小湖，面积约为一个手掌大，又浓又平静。这情形，当他有一次偶然打开水池下面的橱柜门，立刻就看到了。但是确认洞眼具体在哪里、决定究竟该怎么办，却要花点工夫。他不擅长做这些，摸了两手脏污，败下阵来，所干的有用的事，仅是把摆在附近的瓶子罐子转移到了别处。过了几天，在收拾掉的污水的原地，再次形成了一模一样的一片小湖，他懒得与它计较了。

直到猫把脏水舔光了。

猫喝水的后半程，他赶到了并及时行动起来，他从后面抓住猫柔韧的身体，一面说好话哄它，一面想把它拖走。

但猫擅自打开柜门后，坚持把头和两条前腿埋在水管下，即使身体被喂养人越拉越长，轻松地展开到了平时的 1.5 倍的长度，它依然不为所动。后来猫喝完水终于肯退出来，它被抱在人手里，舒畅地伸伸舌头，逐渐把喝过血一般的红嘴巴重新舔出柔润的色泽，听见人用温柔的言语责怪它，它遂以孤高的眼神瞥一瞥他，随后它表情严肃，仿佛思考着什么，沉浸到无法捉摸的猫科动物的世界中去了。

他迅速找来水管工修好漏水，红褐色小湖从家里消失了。但是，他自此感到从小养大的孩子变了样，从前猫天真，现在它阴沉沉的。

有一天夜里，他从梦中醒来，打开卧室门，像平常那样摸黑穿过客厅，去用洗手间。半路上，一阵寒意使他彻底清醒，逼他停步。他感到由脖颈朝下直到脚后跟变得很凉，似乎有个小冰川钻进 T 恤里，正在融化，碎冰混合着冷水沿背脊往下流，而后流进睡裤里。他毛骨悚然了，而且身体僵直了。过了一会儿他用一声笑破除紧张感，由此才能移动身体。他明白过来，不是别的缘故，是猫在黑暗中凝视自己，那阵凉意来自猫的视线，他因为觉得自己的生理反应太过激，而觉得可笑。接下来，他呼唤猫的名字给自己解围，"吓了我一跳，你在玩什么花样？"但猫没有向喂养人跑过来，他所熟悉的猫走路时趾甲连击木地板的可爱的小声音没有由远及近地响起来。他依稀可以看清一点儿客厅中的情形了，那猫坚定地站着，哪怕赏面叫一声也不高兴，只是目露凶光地凝视自己。他朝着它嘟囔了上面那句话后，只得讪讪走开。

"我害怕我的猫。"忍耐了一阵子，他艰难地对朋友坦白。为挽回养猫人的颜面，他跟着又说，"也不是很怕啦，是有一点。"

"你担心什么事呢？"朋友误解了。

"不，害怕不是担心的意思。'害怕'是……"他用外语重复了一遍"害怕"，有时候外语可以这样帮母语的忙。

"可它是个小猫啊。"朋友与他交情悠长，了解他的生活，还是几年前他收养小猫咪的见证人。猫咪在那时小而柔软，仿佛凭空幻化而来，上一刻才凝固成形，他们心里都以为，假如抱它抱得不认真，一不当心会弄坏它，也不敢大声对它说话。后来猫咪一天一天茁壮成长，会跑会跳，耐摔打，但幼猫的形象深植在他们记忆里。一日是小猫终身是小猫，是甜美动人的，是纯真无害的，不是天天和猫见面的朋友尤其这么想。

"不知什么原因，它有一点变了……"猫的喂养人声音低沉下去。

他这个人一向把个人地位放在猫以下，不但是猫，平常在和各种人打交道时，也总是习惯承受对方的精神虐待，还感到开心，他的那颗心像酸痛的身体要被大力按揉才会舒爽。现在，他不情愿在背后说自己小猫的坏话，转而从自身寻找原因。或许，是我造成的结果吧，他想。或许我更好地对待它，我们就会共渡感情的难关。

喂养人在猫的阴影下坚持生活。

猫起初的表现是甩脸色。比如有一次，他殷勤地放好猫粮，没走出几步，只听身后传来不祥的声音，猫碗打翻了，猫粮像他不知所措的心一样四散在地。或许是猫不小心吧，他猜测。然而放上新的猫粮，猫当着他的面伸出圆圆的手，一记如风的横扫，地上再度变得狼藉。这次他一边扫地一边积极思考，稍后拿出了猫罐头，他弯下身子，主动将罐头放在和猫的眼睛持平的高度。猫坐着，摇一摇头。金枪鱼和鲲鱼混合的罐头，它不要这种。剩下仅有一种选择了，所以当他捧出来向猫请示时十分忐忑，幸好这回的三文鱼罐头得到认可，猫微妙地一点头，站了起来，离开进食点，走到一个它不应该占用的地方停住了，它要求今天在这里吃饭。人卑微地将罐头放好，顺从了猫的要求。自尊心，就是在诸如此类的折磨中越缩越小的。

猫的下一招是阴晴不定。某夜，猫跳上他的枕头，娇媚地以头蹭头，又离远一些，用亲昵的目光来来回回扫他的脸，他惊喜万分，一把搂它入怀，亲吻它。小猫终于变回可亲可爱的模样，过去那些奇怪行径不过是一场游戏，是以退为进增添情趣，他一厢情愿地以为。几个小时后，强烈的窒息感唤醒了他，他感到自己沉在海底，一条大章鱼正用吸盘吸他的脸，致使他什么也看不见，一丝空气也无法吸入胸腔。不对，他又想，没有大章鱼，我是在陆地，在床上，我的脸上堵着一只猫。他用力将猫推开，这下又能呼吸了，他同时感到头上刺痛，那是猫刚才不愿意走开，爪子使劲扒住头皮造成的。"你差点失去了重要的朋友。"劫后余生的他责备猫。可猫喉咙里咕噜一声不置可否。"别那么干了！"他想搂住猫和解，猫从他掌下溜走了。他睡着了。好景不长，他又醒来了。这次是因为眼球受到强光刺激，他的猫盘在床头柜上，不断地拨弄小台灯的开关。他沮丧得无力去制止它了，呆滞地躺着，猫按一下灯亮了，按一下灯又暗了，把他的脸一闪一闪地照着。他注意到台灯每次亮起的时间长度不同，从中拼读出一组摩斯密码。猫发完这组密码，把房间暂时保存在黑暗里，几秒钟后，再度使灯光按照之前的节奏频频闪亮。他又辨识了一遍，没有错，猫在向他说："傻—瓜—傻—瓜—"

这以后，猫的行为徘徊在恶作剧到谋杀之间。猫趁他不备拧开水龙头，水从厕所一直漫到别的房间后使他惊跳起来。地板遭了殃，还一举毁掉了他喜欢的地毯，他只好买一块新的铺在沙发前。没几天，他走过时脚下一绊，瞬间，人如笨重之箭撞到家具上，哼哼了好久才爬起来。他发现铺在地板和地毯之间的防滑垫被什么人，更可能是什么猫，扒掉了一部分，导致地毯边缘不再服帖地固定在地板上，他又回忆起当人飞射出去的时候，猫像观看网球比赛那样占据了一个好位子，还左右摇动脑袋，可以说是在专心地欣赏他飞出去的轨迹。

猫学会了开电磁炉。

猫咬掉了电线外面的塑料皮。

猫用身体把房间通向阳台的玻璃门蹭得特别干净，而后偷偷关上了玻璃门。

猫从家具底下掏出陈年污垢搅拌进他喝的水里。

和猫生活的每一天都变成生与死、健康与残疾的较量。他躲着猫，和猫谈心感化它，用猫零食和猫玩具收买它，使出种种手段，情况只是不断坏下去。

他做的最后的努力是带猫去一家著名的动物诊所看病，先看普通科，再转诊动物心理科。令他吃惊的是，当他和猫走进心理科的诊疗室等候，过了几分钟，刚才在隔壁的普通科给猫看过病的同一位医生又出现了。原来医生只有一个，看所有科，这让他对诊所的专业性产生疑问。医生没有做出解释，若无其事地给猫做测试。一到外面，小猫表现得完美极了，它的眼睛亮晶晶，情绪稳定，对待陌生的刺激非常敏感，行动果决又有分寸。再加上它本来就是漂亮的猫，它放松地往诊疗台上一躺翻出初雪般的肚皮，用这副娇憨模样俘获了医生。医生与其说在检查，不如说在与它进行各种玩耍。喂养人许久没见过猫如此了，感到困惑，对医生则愈加不信任了，他想，你干这个活儿就想摸猫是吧?

　　医生玩了好久才说,语气中并不拿猫的喂养人当回事,"你说它喝了家里不干净的水,性格变了,道德也玷污了,还产生攻击性。人假如吃得不好,微量元素出现问题,性格的确会变的。不过,小猫……啊好可爱……这就检查好了,请不要再舔我的手指。小猫它看不出来有病,它很健康。实际上,我这么想,我们太担心小猫吃坏东西,这让我们焦虑了,于是想得多了点。"医生说时不怎么看他,嘴里嚷着"不要不要",却三番四次地向猫伸出手,抚摸白绒绒的肚皮。他心里明白,一只猫想讨人欢心,那是谁都吃不消的。

　　倒不是医生重视猫不理会人的偏心眼,而是猫这种内外有别的演戏态度,叫他彻底失望了。回家后的猫故态复萌,他尽管又承受着侮辱,和以前不一样了,痛苦时他不再叫唤出声,也不责怪它,因为他现在弃绝了继续与它一同生活的念头,做任何反应便没了必要。

　　决定是一离开医院,就自动滋生出来的。从医院回家的路上,也许是看到了相似的行道树或者楼房,他下错了站,在陌生的公交车站台上,他手提猫咪包向四面张望,猫则透过猫咪包的网眼布漫不经心地看外面，一声不响，它现在是一副女演员演完戏卸掉妆后懒洋洋的模样。这一带很僻静，仔细一看，实在和家周围没有一点像的地方。他不能解释为什么从公交车上下来，并且他还鬼鬼祟祟地往儿童公园里走。几座彩色的娱乐设施此刻闲置着，不料走近了，公园里却有个背书包的小孩，长相是虎头虎脑，疑似在逃学。他不知怎么办才好，装得若无其事，摸一摸滑梯，把跷跷板高的那头压下去，再推几下秋千，在公园里徘徊。他走到哪里，小孩像向日葵一样转向他，搞得他很不安。突然，小孩质问他："你为什么不要猫了！"他很惊讶，连说，"没有没有，我没有要扔猫。我只是走到这里，过来看看。"但小孩严肃地盯视他，脸上气鼓鼓的，他只好带着猫咪包离开了，中途回头几次，见小孩遥遥地尾随他，一直监视他，直到他走回车站，再次观察，小孩不在身后了，他吁出一口气。

不，他不会真的遗弃猫，那太不道德了，那次的行为是荒唐的，是一次失误。即使没有逃学小孩，在最后关头他也一定会喝止自己。但他带猫回家，决心没有变。他只等把决心再酝酿一阵，使它强烈到足够对抗别的想法，到那时，他就能行动起来替猫找一个新家。说不定，我第一个去问摸猫医生要不要你，你们看来喜欢彼此。

心意正在酝酿的阶段，一天，猫趁着夜色从没关好的窗户出走了。

次日早晨，清风透过半开的窗户吹入，将自由的气息吹送到他身上，平常猫在折磨他之余最爱蹲在这扇窗前看外面，此刻他站了挺长时间，也一直向外看去，不知道自己在看什么，但肩膀渐渐松弛下来。到这天傍晚，猫还没回来，他出门在附近象征性地找了一圈，没有找到。他就这样摆脱了使自己害怕的小猫。

"养过猫，家里又没了猫，这感觉很奇怪呀。"距离小猫出走好几个月了，天空变幻了不同的蓝，两个季节按顺序度过，朋友来家里玩时发出以上感叹。朋友说得对，猫没有使人忘了它，它留下了一种"猫不在"的感觉，在这种感觉中它继续存在。

朋友问候他"恐猫症"好点了吗？他回答好了，现在感到很自在。

过去这段时间，他的情绪有起有伏。一开始是大舒一口气，后来却陷入自责，他检讨自己，说不好那天是故意开着窗，在他的潜意识里希望猫自己走掉，猫果然走掉了。朋友劝慰不了他，甚至提出，"我和你再去马路上兜一兜，也许能捡到新的小猫呢，在路上捡个小猫不难，这次一定捡个乖的。"但他每次听到路边草丛中有异响，便慌忙走开，怕那真是朋友所称路上捡不光的小猫中的一只，他怕自己再次卷入难缠的人猫情，他可受不了。

此时听到他说感觉不错，朋友放下心。"那就好了。"朋友说。

他果真脸色开朗了。他没有告诉朋友，感觉终于变好的原因。

由于他是如此重感情，平常即使在自己没察觉的时候，也在心中反复梳理和猫之间的事，每当梳理到说不通的地方，他情不自禁地回到开头，重新梳理。猫是他用注射器一点一点喂进猫奶粉，从小得不得了的状态抚养长大的。他回想它成长中的点点滴滴，无一处不是甜蜜的，它人见人爱，能使猛汉软化，而他是天下最温柔的喂养人，小猫之后对他带有敌意，乃至闹到拿他性命取乐的地步，这是没有道理的。到这里他的思路就会打结，于是他从头再想。

他调慢速度，有幅画面最终停泊在脑海中：猫喜欢凝望窗外，它走到窗边不久，常常就完全静止，看外面的天地看得入了神，连最容易出卖内心波澜的尾巴尖尖也不摇了。他如果逗它，它不愿意理睬，他如果跑到旁边看它的脸，就会看到它双目圆睁，胡须肃穆，神情是物我两忘。假如，他就着这幅画面继续想，猫的意愿是离开人类的屋子，它出生于野外，想回到野外追寻自由的梦想，想得没办法停止，那么它或许需要为离开做一番铺垫，它不能贸然从他的生活中走掉，这是出于爱。

小猫是太爱我了，所以制造出一些事端，让我又怨又怕，甚至盼它消失，使我在它真的消失时免于心碎。而我，就像它曾用台灯打出的密码，我是傻瓜。——喂养人决定这么想以后，心结马上打开，心上受伤的部分霍然痊愈。

他知道，要是把猜想告诉朋友，朋友肯定会骂他的，"你不要再编造美好的幻觉了，忘掉它，我们去捡一只新猫！"而他也将无法举证猫确实是爱自己的。他是一个深爱小猫的人，这常使他外表窝囊，掩饰住了可贵的心灵。

男孩托托

妈妈一看到他就哭起来。

他从医院长长的走廊另一头走过来，妈妈起初用欣喜的神情看他，迎接他，接着就哭了。他安慰她，陪伴在旁的爸爸也安慰她。爸爸说："就是一些小伤，医生已经把他缝好了。"

但是妈妈仍然流泪说："托托……"妈妈拥着他的肩膀，头埋在他胸口，每次抬头看他的脸，她的眼睛里又浮起了新的眼泪。

托托是他的双胞胎弟弟。

他马上就走进病房看托托。病人舒服地靠住大枕头，胸前是活动桌板，他的嘴里叼一根粗吸管，正从桌板上的透明瓶子里吸食灰灰的、厚厚的半流质食物，今后好长一段时间，他只好这样进食。托托那张和他一模一样的脸，在车祸中受伤了，整颗头包进白纱布里，医生在纱布上开若干小洞留给他看、听、呼吸和吃东西。又有几块石膏固定住断手和断脚。托托看着惨，但只要留心瓶子里的半流质食物是如何快速地降低下去，被他吸光，再看石膏也挡不住的他那动来动去的身体，妈妈以外的人就不至于太担心——托托离死亡很远，还很有活力。

他松了一口气，小心不被看出来，他刚才紧张他。

"味道不错，像奶昔。"托托评价医院餐。声音从一个近乎封闭的球里传到外部世界，带点球里的嗡嗡声。

"你看起来也还可以，"他说着靠近病床这边，弯下身，摸了摸托托被包扎得很大的头，"你像一个躺着的宇航员。"他的额头上挤出三条抬头纹，眼睛扫来扫去，后来在纱布上找到两个小洞，成功地看进去，看到了藏在里面的那双和自己一样的托托的眼睛。脸看不到，他们说，大面积地破碎了。

托托突然在小洞里不安地眨动双眼，又从下方另一个小洞里说道，"嗯。"原来每当疼痛发作得较厉害，他就会说些语气词，还有"呃""嘶""唔"，用得都不算多。

托托是骑摩托车出的事。从十七八岁起，家里人每天叮嘱他骑慢点，朋友们则说"酷"。看到他疾驶过去，就连陌生人也会开始思考生命的价值，决心珍惜它。可笑的是，托托告诉他，这是自己有史以来车速最慢的一次，因为他想看看风景，路边树上的花开了。可结果就这么倒霉，一辆大车把慢慢骑的托托当成野狗一样铲出车道，他和心爱的摩托车飞到半空，而后掉落在两个地方。"人不该去看自己欣赏范畴外面的东西，就是企图去看看也不行。唔，这没好处。"托托没有把自己放慢速度、想观赏花的事告诉第二个人，别人会因这情由替他惋惜，他受不了惋惜。

过了几天，托托吃了一刀，这是医生的安排，病人在那时符合了开刀条件。手术后头一个夜晚，托托很痛苦，梦中接连不断地说着语气词。不过从次日早晨起，他在一切方面都迅速而可见地康复起来。

每天，托托要从玻璃瓶中吸进比前一天更多的半流质。他来探病，目睹一瓶一瓶五颜六色的糊糊消失在神秘的宇航员头盔中，每吸一瓶，病人受伤的手脚就灵活几分，唯有纱布头盔还要戴很久。

"是牛奶？"有一次他仔细研究一个瓶子，看到白色的细洁的纤维一团一团地拥挤在里面，于是疑惑地问托托。

"不是的，"托托噗地吐出吸管，解释道，"是鸡胸肉泥。"

"那么这瓶，是草莓奶昔咯？"他又问。

"橙红色的？那是三文鱼肉泥。"

还有深红色的生牛肉，红白相间的烤肉，绿色的牛油果，紫色的紫甘蓝，灰色的藜麦，金黄色的榴莲，黄色的花生，浅黄色的薯片，黑色的巧克力，统统被搅碎，制成糊状。托托说，刚被抬进医院时，自己碎糊糊的脸不比三文鱼肉泥强，间杂黄黄的脂肪、白白的骨头，现在他正靠着吸这个糊那个糊把破掉的自己重新修补好，等到吸的量足够多，身体和脸就将痊愈，当然，经过缝补的脸会变成别的样子。

托托将会有一张别人的脸，明白这点后，他感到两人作为双胞胎的命运到此终结了。

头盔里发出了一种特别的声音，是洞悉了他想法的托托暗中在笑，他听来很陌生，分不清是何种意义上的笑。过了一会儿，小洞中传出来托托的话，"无所谓，本来我就不一定是我。"

他是专门请了假，从工作的城市回来的，处理弟弟在医院的事，陪伴父母亲。他们的爸爸妈妈从年轻时起，就是一派天真的人，面对困难惯于采取回避战术，有时甚至以十分坚韧的毅力持续逃避困难，使他们奇怪：假使把毅力用对地方，那问题早解决好了呀。这次他们也有些束手无策，他回家帮了很多忙。余下的时间，他免不了在家乡各处东走西走，见到兄弟俩小时候每周末会看一部西部片的老电影院，他们轮流翻墙逃出去的社区小学，他们逃出去后去玩游戏机的娱乐中心，还有去租漫画书看的漫画屋，如今都稍微地变了模样，却仍旧留在原地，如同一群脚踝上套着锁链被拴在固定地方的囚犯长时间服刑后衰老了。在不同场所，偶尔有人和他打招呼，那些人知道他回来了，他们叫他名字他就答应；另一些人，没听说托托出了车祸误以为他是托托，叫他托托他也答应，他使用一种技巧，含糊地应付过去。

假期快要用完，他开车返回自己现在居住的地方，继续干在公司审核单据的工作，填满数字的纸片在他离开时堆成了一座小山。每周他健身五次，每周和女友约会三到四次，生活得井然有序。

托托还在家乡医院里住着，在三楼尽头的病房，没人帮，房门也出不了。可托托的话却追随几百公里跟来了，当他上班看材料的时候，和别人聊天话音刚落的瞬间，晚上把眼睛闭起来以后，就在他耳边盘旋来去。

托托说，我不一定是我。

不一定是托托。

不一定的。

那天病床边他骤然一听就发觉，不是第一次听见。现在回味起来，从前不止听过一次，起码是有八万次的，曾经听到耳朵麻木，连脑电波也拒绝对它做出反应。但是，究竟是何时，在何种情况下，托托曾经反复说过呢？却又很难想起来。

托托的话滔滔不绝，可惜不能保持在同一海拔，它盘旋着飞高，过了一阵子，声音越来越远，越来越小，飞升遥远的宇宙。他摆脱了它，终于彻底忘记了旧事。

二十多年前，由于爱焰炽热燃烧，他们父母的两颗年轻的心受不住煎熬，大学一毕业两人就结婚了。

父母亲幸运地得到双方家庭的资助，在新开发的卫星城，也即他和托托的家乡，建设起新生活。刚把家布置好，几乎是迅雷不及掩耳地，妈妈产下了双胞胎。面对人口剧增一倍的家，夫妻两人吃惊不小，他们还那么年轻，连彼此还没完全适应好呢。对孩子们，他们喜欢是喜欢，但有点错愕；觉得可爱是可爱，只是有点错愕。某天早上，像学生时代跳了半夜舞又喝了半夜酒接着小睡一场再醒来要去上课那样，他们恍惚地走进客厅准备迎接新的一天，突然，他们看到双胞胎上了发条似的从地毯的两个角落一起朝他们脚边快速爬来，被搂进怀里后，又一起咧开嘴无知地欢笑，嘴里牙床空空，巨量口水从里面流出来，打湿了下巴——他们真是相当错愕。他们经常错愕，每天都没料到生活会是这样。

直到双胞胎来到世上好几年后，他们才被迫习惯。从此，从表面上看，他们显得比从前镇定了，实际上呢是强装样子，心里是一点儿也不知道该怎么做的。在教养孩子方面，两人犹如小学生摊开了高等数学的课本，看不懂，只是看着有图的部分，倒也能把书一页一页地翻下去。孩子们自然地长大了，大多数时候很开心，家里从不缺乏欢声笑语，充满了原始的爱。

双胞胎在五岁的一天，发生了争吵。

午后，两个男孩吵嚷着从屋子后面走回家，伴随着不文雅的动作：一个抓住另一个的衣领然后推了他，另一个抬起脚踢在前一个的小腿胫骨上，前一个则忍住痛往对方肚子上直捣一拳。他们不分开，纠缠着彼此，远看像喝醉了的四只脚的小野兽，摇摇晃晃地，并且嗷嗷叫着走近了。

他们一起挤进门，呼呼地喘气。妈妈皱起眉头，"你们的衣服……"

衣服破了，小夹克撕开了口子，裤子没穿好，屁股那块松松地垂落在他们大腿后方，脖子上的三角巾不见了。

"我们从苹果树上掉下来了。"两个男孩宣布。

"但你们现在应该在幼儿园里，等爸爸五点钟去接你们。为什么跑到苹果树上去了呢？"妈妈问。

"我们经常逃出来。"男孩们骄傲地说。

"我们跟着送午饭的车逃出来……"一个说。

"玩一会儿就回班上去……"另一个说。

"但是今天没有。"第一个又说。他们都不像在谈论错误。

正在这时，妈妈接到了老师的电话，起初老师焦急而歉疚，可妈妈的姿态也低了下去，她告知老师，儿子们已经偷跑回家，反过来为他们很难管理道歉。她挂上电话，决定理一理思路再有条不紊地训斥他们。然而，男孩们见状扑到她怀里，不断地扭动身体，还用小脸在她腹部上摩擦，使她站也站不稳，思路被震散了。他们说："妈妈，我们受伤了。"

"因为我们从苹果树上掉下来了。"他们重复一开始的话。

他们都是结实好动的小孩，头发是黑的，天然卷，配上被阳光晒出的蜂蜜色泽的皮肤，浑身散发父母所不具备的野性气息。妈妈拨开一个男孩的乱发，是真的，他的头敲破了，流了一丁点儿血，血应该是当场就自己止住的，在头皮上凝固了几缕头发。另一个男孩，手臂擦伤一小块。都不要紧。

男孩们换上干净衣服，处理好小伤，一个在头上贴了一块纱布，另一个在手臂上缠一圈小绷带，先前他们同样脏乱，没有差别，现在有了。破头男孩和伤臂男孩一刻不停地忙碌起来，在家里跑圈，把沙发靠垫扫到地上，扩张游戏地盘。

他们在那儿弹跳和翻跟头时，妈妈忙于写作。她有一个专栏，在杂志上撰写父母经，刚才写到一半被打断，这时重拾写作兴头。她总是这样写，先设置一个教育孩子的困难，再罗列一般的解决方案，一边罗列一边睿智地嘲笑它们，接着她抛出独家高招来，用她的招数，什么难题都能迎刃而解。她的专栏颇受欢迎，不过读者们并不知道，专栏作者不是真的相信自己写的东西，恰恰相反，她知道问题无解，所以她创造一些魔力，并先于读者沉醉在她根本掌握不了的育儿魔法中。

文章快要收尾，男孩们吵闹得妈妈不得不停止打字。她只顾着写文章，忘了要继续教育闯祸的孩子们。而孩子们回家后被各种事情打扰，也忘了他们一路上争执的问题，他们玩了一阵后想起来了，因此从沙发上滚到地上，再次扭成一团。

"不是我。"破头男孩在打斗中说。

"我也不是。"伤臂男孩更凶地说。

"不是什么啊？"妈妈可怜地问。

数个小时后，天黑下来，爸爸回家了。妈妈向他复述她好不容易拼起来的信息。双胞胎在别的孩子午睡时溜出幼儿园，在外面逛逛，泥地里滚滚，然后又溜回去，他们已经这么干了好几次。这次更离谱，他们抄小路去附近的果园玩。他们是在乘坐幼儿园校车去上学的路上注意到那片果园的，觊觎很多天。今天他们又成功地从幼儿园大门底下的大缝中钻到外面，一路到了果园。现在正是苹果树被摘完果子之后的落叶期，所以他们的说法"我们不是偷苹果"，这是成立的。他们说，"我们想知道苹果在树上是什么样的感觉"，"我们必须爬上去感觉"。他们爬上去了，很快像掉苹果一样从同一棵树上栽到铺了叶子的软泥地上。

"还好不严重。"妈妈对爸爸说，"问题是他们摔下来后，谁也不承认是托托了。"

"那你们走回来真的很远啊。"爸爸听了首先说。他关心的细节非常偏离焦点，这是出于爱。

"我们不怕远。"男孩们大无畏地说。

爸爸看了看他们，除了包扎的地方不同，他们完全一样。平时他和妻子会在他们脖子上系两种颜色的三角巾，用来区分他们，叫名字，他们也会答应。但今天，两条帅气的三角巾全搞丢了，再叫"托托"，男孩们都把嘴巴闭紧，谁也不动谁也不吭声。

"嘿！"爸爸没办法了，他任意向破头男孩问，"托托？"

"不是就是不是。"破头男孩说。

"那么，托托是你吗？"爸爸又问伤臂男孩。

"爸爸，难道你会是妈妈吗？"伤臂男孩说。

双胞胎都坚称自己不是，对方才是托托。吃晚饭时，他们把椅子搬到一起，餐具顶着餐具吃，空出托托的座位。晚上他们挤在一张床上睡，谁也不碰托托的床。第二天早上，两人都拒绝戴上标志着"我是托托"的红色三角巾，全要求戴蓝的。最后，在他们出门前，爸爸妈妈试着喊口令，用的是短促而高亢的音调："注意，列队！"平常下达指令后，男孩们就迅速地一个左边一个右边地面向父母并排站立，他们有固定站位，他们将挺起胸膛绷直身体等待重要指示落下来，但是今天他们全站在同一边。

"你感觉好吗？"男孩们去了幼儿园，家里只剩下父母亲了，爸爸问妈妈。但他自己抢先回答了，"我感觉不算糟。我想，假如从大局看，就是说假如把他们看成一个整体的话，儿子们的数量没有变，这是最重要的，我们没有少掉一个孩子。是整体的内部出现了一点小问题——是小问题对吗？"

男孩托托

"我不知道。"妈妈很迷惘。几分钟前她目送校车开到马路尽头，不管儿子们有没有向家的方向看，她向他们挥手了。

"当成是在解决专栏中的问题，也许你就知道了。"爸爸仍想听她的看法。

"那么，我会这样写，我就胡诌道'这和人类自我意识的改造有关'。你想想看，的确有可能是这样吧。我们有个儿子拒绝承认所有人都认为他是的那个孩子，他建立了一套新的自我意识，他摔坏了，所以有了新奇的想法。他需要我们引导他回归到旧的意识系统里去。问题是，"她苦恼地说，"我们不知道是哪个儿子出了问题。"

她所苦恼的问题，到了当天傍晚，丈夫载着两个孩子出现在家门口，她看到丈夫冲自己摇了摇头，就知道没有解决。

后面一天，问题依然没解决。

再后面一天也一样，问题不会自动解决。

两个男孩都不愿意成为托托。托托从他们中间消失了。无论是组织两人集体谈心，还是像对待犯罪团伙那样，把他们隔离开来询问，再用上离间、诱骗、轻度恐吓、许诺甜头等手段，孩子们都态度自然，不像隐瞒着秘密，而且讲不出所以然，说的只是爬树啦、苹果啦、什么时候再去爬树啦、我不怕摔因为英勇啦这种没用的话。想通过聊一些过去发生的标志性事件来确认，也行不通，他们从小干什么都在一起，缺少独自一人的记忆。

有几天，父母自己都习惯了，甚至谈笑风生起来，他们说，幸亏该接种的疫苗两个孩子都接种了，要是之前只打了一个人，现在再送一个去，很可能有个倒霉的孩子要挨两针。他们又说，也许应该反过来做，把另一个孩子识别出来，剩下来的就是托托，爸爸的办法是，谁的意志更强烈，他就真的不是托托，妈妈则认为判断标准是看谁更委屈。他们说了许多和孩子一样没用的话。

不过到了第二个周末，作风宽松的父母也着急了，不得不立即把问题解决好。因为，男孩们头上和手上的伤眼看快好了，过去几天，他们的外形是有区别的，即使精神的芯子一样，看起来也是不同的人。伤好之后要是他们还不改口，父母担心局面从此将无法收拾。

是周末下午吃小点心的时间，他们再一次被分开了，一个小孩被妈妈带到楼上去，另一个孩子和爸爸坐在长沙发上。阳光透过薄的白色纱帘照着父子，不知要怎么解释爸爸选择的这一场景，也许他希望光明照亮真相，也许他希望照亮秩序。

"托托。"爸爸直截了当地说。

"我不是。"孩子说。他是那个破头男孩。父母经过讨论，最后认为头部受到震荡的孩子更可能是托托，他混淆了自己是谁。

"托托。"但是爸爸又说。

"我不是。"破头男孩带着哭腔说，因为他忽然知道了这次再怎么反对也没用，就像电影总会在一个时刻结束，在那一刻事情发展成什么样，就得定在那儿是什么样，他感觉时刻到了，他已被指定当托托，不得再争论。他曾自称勇敢，所以立即用手捂住双眼，夺眶而出的泪水马上弄湿了手指，双手是并拢后竖起来捂在眼睛上的，他小小的指头上是剪得很短依然嵌进黑东西的半圆指甲，他用力把指头并紧也无法阻止泪水出现，手上沾着饼干屑，他的后脑勺贴着一块纱布，没人比这个小孩更可怜了。

"爸爸，为什么一定要一个托托？"他在哭泣中问。

破头男孩突然爆发出的悲伤和疑问，使爸爸动容了，他用一只手掌覆住他的头，抚摸着伤处。他回答不上来这个问题，只是在后面几分钟反复地说，"我们很爱托托，我们需要他回来。"

"那我就没有自己了。"说着，更多的泪水冲出小孩的手指缝，顺着手背流到胳膊肘。

爸爸向楼上打了个手势，从刚才起就紧贴楼梯扶栏的妈妈走下来，她一声不响地弯下腰张开手臂，男孩一直遮着眼睛，但他放开湿手，搂住了妈妈。妈妈把他抱起来，像以前抱小婴儿一样摇晃他，他的脑袋搁在她肩上。

这天吃饭时，家人均匀地围坐在餐桌边。睡觉时，孩子们一人躺在一张小床上。红色三角巾再次被使用了，每天洗干净后和蓝色三角巾一起挂在晾衣架上。托托回来了。

然而托托总是说，我不一定是我。这句话，只有当双胞胎单独在一起时，他才说。在校车上也说，在幼儿园被管起来睡午觉时也说，老师一不留神他们又溜出去玩耍时他也说。晚上卧室的灯光调暗了，那是一盏在椭圆形的蓝背景上组装着立体的柠檬黄月亮、紫星星和白色小云的吸顶灯，它们在黑夜中发出柔和的弱光，托托平躺着，对着那盏灯，还要尽情说上二十遍：我不一定是我，不一定是托托。

双胞胎中的另一个听了从不吃惊，他始终像没听到一样，忍耐到托托的电量耗尽，熬到大家将此事遗忘。

这一刻，他承受着一个人扑面而来的话，听进去的有限，因为他正若有所思地看着托托摘下宇航员头盔后的脸。

他看到，像持之以恒的海风吹拂群岛，把岛屿吹离本来的位置，托托如今的五官全都在脸上漂移了，移动中又巧妙地改变了形状，岛屿和岛屿由许多弯曲的海浪波纹相连，那是些正在变淡的疤痕。后来无论何时，疤痕都没完全消失，尤其在光线照射下，总比别的皮肤亮，整张脸上鳞波荡漾，即使托托不声不响，也不做表情，脸仿佛随时在动，显得他高深莫测。

他正在听一个不认识的人讲话。

托托在几周前出院了，重生后的愿望是开一辆新摩托像以前一样驰骋，但在买车前只能依靠他人。今天他和托托来这里打算随便吃点东西，随后他将开车把托托放在要去的朋友家门口，自己则结束周末的家乡游，趁高速公路开始堵车前开上返程。在快餐连锁店门口，就在他们即将

228

走进去的一瞬间，那个他不认识的人从侧面小跑过来，拍了一记他的肩，快活地大叫了声托托，之后冲他单方面地聊起了天。

他不认真地听了一听，话里的信息密度极低，是寒暄和抒情式的忆旧，错认他的人热情宽容，讲个不停，也不要求他做出回应。他立定听着，嗯嗯地瞎应付，目光擦过那人，盯着几步之外袖手旁观的托托。此刻反比在医院，比在家里，可以更自然而长时间地注视那张新的脸，新脸长在一具掉了许多体重的新身体上，难怪人们认不出托托了。

他看到托托也没注意其他，隔着那个多余的人，同样在观摩自己。多余的人起的唯一作用，似乎就是被两人隔在中间，作为某种介质促成他们观摩彼此。托托的波纹脸似动非动，他以为没动，再一看又真的在动，海浪波纹般的疤痕无规则地荡起，从中涌出了奇异的笑。

黑鸟

　　冬日夜晚，满月升上来了，挂在大房子上面，院子里，从房子前门走出来没几步的散步道上，有人在等送货员。她是一个年轻女孩，被差来等草莓。

　　她戴一顶小的蓝色硬帽，翘在头上，刚才出门时披上了自己的大衣，前襟敞开，露出里面蓝色的工作制服，虽然一双手藏在制服口袋里，但是不久冷空气在她平淡的脸上染出了两团红颜色。等了一会儿，她向身后天上一看，小帽子随之转了个方向，她见到月亮正金光四射，却有风将黑色流云一缕一缕吹过它表面，把它弄得斑驳。又听见一种鸟，在院子的树上莫名其妙地咕哝，声调阴恻恻的。

　　她想，哪里来的黑色流云呢，天空别处很干净。

　　黑云像来自她与月亮之间，是从大房子的屋顶上蒸发出来的，飘飘摇摇地升起来。她得出一个答案：这是老气。

大房子是一所老人院，此时温暖的屋子里高龄老人聚集了太多，老的浓度太高，因而挥发出来了，形成黑色的老气直冲云霄。

她正在习惯老气，因为她就在里面工作，是新来的护工，也因此常被派来做这类事，具体说，就是苦的事，脏的事，还有临时发生的把人从安逸中使唤起来的事。今天就是有老人在冬夜突然嘴馋，自说自话订了吃的，要人出来拿。

摩托车的声音和灯光剪开夜晚，年轻的送货员来了。

"是安太太要吃草莓。"她接过水果盒子，回答送货员的询问。

"安太太？还没死！"送货员跨骑在车上，一条长腿支着地，由于吃惊，也就忘了礼貌。他潦草地心算逝去的时光。他就在这一带长大，学生时期曾多次被迫到养老院当义工，要求是学校提出的，用来抵消他得到的处罚，就在那时，以他少年的眼光看，安太太分明已经老极了，老得透透的，或者说饱和了。他和别的小义工围在不需要被同时提供那么多服务的其他老人身边，假装看不见她。等他毕业了，升不进高等学府，去服役，退役，先失业，接着干起了现在的活儿，然而到这明月当空的夜晚，她竟还在，要吃冬天第一波上市的清香的大草莓。

送货员收起支在地上的腿，摩托车驶走了，被它剪开的夜晚又被它缝合上。院子里怪鸟的咕哝声更加清晰，它的发声方法与快乐的、歌唱美好的小鸟不同，它掌握了深沉的、咏叹式的叫法，并且利用树的阴影藏起鸟身，人看不见它，但好像它看得见夜之全局。又见黑云在风的吹拂下仍然一阵浓一阵淡，妄图遮住明月。

老人院里开间最大的屋子用来当综合活动室，是老人们的大客厅、社交场。周末和节日，这里的座位排排齐，拉起幕布放电影；也有善良的艺术家前来弹钢琴、做表演。现在是平常日子的夜晚，只有平常的夜间活动。所谓夜间活动，就是和白天一样的打牌下棋、看电视、聊天等活动，但放在晚饭后再次进行。体弱和没兴趣的老人不参加夜间活动，但愿意留下来消磨睡前时光的老人居多，他们散坐在活动室里，主要是在看电视。

护工们在老人中间偶尔忙碌一下。护工们都穿蓝制服，男性护工不戴帽，女护工在头上用别针固定住一顶蓝色硬帽，此外，护理长有权在制服外面再套一件羊毛开衫，并且小帽子上缝了两行金线。年轻护工脱掉大衣回到这里后，融入伙伴中，但是她脸颊还是红红的，眼皮、鼻尖和下巴，也冻成了粉红色，把她和同事区分开。

十几个老人吃草莓。

草莓被拿在变形的老手中，送进无牙的嘴巴里吮吸，每抬起一次手，须经过漫长的等待，电视里的男女大概又说了十句话。年轻人可以一口吃尽的东西，他们吃不完似的吃着，嘴巴蠕动，却有嘹亮得意想不到的咂嘴声响彻活动室。

安太太不在其中，她吃草莓的速度甩开了他们，吃了五六颗后，表示不要了，留赠其他老人。年轻护工忙着服侍过别人后，再见到安太太，是在她的卧室。房间的灯光调得非常之暗，而暖气开到了顶点，热气几乎把来送一天中最后一顿药片的人推出门去。年轻护工看到，她穿一件红色丝绸长袍，坐在电动轮椅上，脸上的妆仍是完整的。

护工们经常怀疑这位老太太彻夜不睡，因为在第二天早晨，他们把每层楼走廊上的房门敲开，叫瘫痪者以外的老人们出来吃早餐时，每当打开她的房门，又见到她坐在电动轮椅上，神情姿势和昨晚一样，而且眉毛、眼睛、两颊、嘴唇上的颜色也全涂好了，仿佛昨夜没有擦去过，简直更鲜亮了。她在羊毛披肩下面，会换上另一件雷同的长袍，是另一种颜色，她拥有世界上全部颜色的丝绸袍子，每天换穿。

来这儿工作的头一个星期，年轻护工第一次走进来为她整理房间，看到她的衣橱与化妆品，轻轻地问，"难道您是？"

"是什么？"安太太当时在房间中走来走去，以躯干为中心轴把曲起的手臂往两边反复打开，做轻微的扩胸运动。她的头也和别的老人一样往前探，这是退化的骨骼和肌肉造成的，此外，她的体态还行。一个网罩把她全部的头发罩着。

年轻护工脸红了，眼睛却离不开老人的脸，她脸上有那么多颜色可看。她们四目相对，在安太太眼睛周围，在丛生的皱纹中，青色的眼影也许是永久性地印上去了，并斜着朝额角方向飞。护工鼓起勇气说，"难道，您以前是一名电影演员？我不太看电影，可能没有认出您。"

安太太略微抬头，先是不出声地左右晃动细弱的头颈，老化的失去弹性的声带一下子还不能把笑声表现出来，直到最初几声笑润过了喉咙，她这才断断续续地笑出声。她结束了运动，紧一紧长袍的腰带，坐到放置了织锦缎垫子的小椅子上，对着化妆镜，把一顶假发戴上去。这样，她又全副武装好了。她捉住几缕假发，手指为它们绕圈圈。

护工看出，自己的提问使她开心。她此时终于笑着说，"电影演员？我可不是。"

随后，她拉一拉衣服坐上用作代步的电动轮椅，一手握住万向操作杆，滑出房间。年轻护工陪伴在旁边同行。年轻护工注意到，老人院里别的老人待她的态度特别，有人向她弯腰点头，就在几天前年轻护工或许会认为他们刚好在做舒展运动或因为帕金森症在颤抖，但现在认出，他们是在表达恭敬。一些人移动轮椅，或者拄着拐杖，以能够做到的最快速度缓慢地往边上挪开几步，为她让出道路。她坐在车上笔直穿过，偶尔对某位太太、先生回以微微一笑，如同巡视的贵妇，而把伴行的护工变成了侍女。于是，不需同事教，安太太在这所房子里的至高级别，年轻护工自己意识到了。

在今晚，年轻护工看见，回到房间的安太太嘴唇格外鲜艳，好像刚吃过的不是草莓，而是别的什么。不只是颜色红，还有一层闪亮的、滑腻的光泽在上面。年轻护工走进来，把一个方盒子托在她面前，里面分装好了她现在要吃的药，她用干枯的手指拣出来。在她张开嘴时，双唇上有层滑腻的东西牵出一些黏糊糊的红色细丝，随着嘴巴张大也没完全扯断，药片们从黏丝之间滚入了她喉咙深处。护工想起送货员说到"还没死"时惊愕的神色，不禁打了个寒战，同时发现安太太从一开始就直盯盯地注意自己。她喝了水，把两片鲜红的嘴唇闭起来，嘴巴在蛛网般的皱纹中，还在因刚刚咽下去东西而动着，皱纹蛛网于是也随着摆荡，像是猎食中的动静。护工压制住翻到胸口的不舒适的感觉，尽快离开了。她关上门，低头看手里的方盒子，然后移开盒子，看下面的白色护工鞋，房里的热气帮助一些东西从门缝中钻出来，扑到她脚上，它们是黑色的絮状物，是安太太的老气想挽留她。

"她好怪。"来到值班室，年轻护工对同事说，"我害怕她，我刚才想呕了。"

他们把护工值班室尽量布置得和外面不同，用薄荷绿和粉色装饰它。门框、窗框、桌椅、小冰箱、挂在墙上的小镜子，全有可爱的弧形倒角。他们常在这里喝很甜的果茶，说老人是非。夜里一般只留几名护工当值。今夜值班的另一名护工较资深。资深护工听了年轻护工的抱怨，她说，"谁不是呢？我们都害怕。没有人想进她房间理东西，和送药片。"

"这样啊。"年轻护工垂下眼睛说。

"给你倒杯茶好吗？"听出年轻护工的不快，资深护工说。她自己正在喝茶吃夜点心，她倒了茶，动手往小碟子里新装了几块饼干，饼干是她今天早上烤的。

新来的人靠着勤劳，正在赢得大家认同、成为团体一分子，这之后就不能太明显地欺负她了。或者欺负一点，给一点糖，像现在这样。这是一般群体的规则。一想到新人的便宜快要占光了，将来大家又得接近公平地分担苦活，资深护工怅然若失。

年轻护工明白自己还没资格表现出不快，所以轻易被哄开心了。她们把小帽子取下来，别针丢在桌上，披散的头发因为被发圈箍起来过而一曲一曲地起伏着，她们像两个真的好朋友似的一起喝茶吃夜点心。

这时接近十点半，大房子里的人差不多躺平了，熬夜

黑鸟

的人很快也会爬上床。夜晚并不宁静，将不断地有人起床排空膀胱里的水分，水声可以在老房子里从这头传到那头。有人咳嗽、打呼噜、哼哼。有人抖动安眠药小瓶子，倒出一小片药吞掉，或者拔出偷藏的烈酒的瓶塞，向杯中寻找安慰。

种种不文雅的声音，说明夜间正常。

听着它们，资深护工向年轻护工指点工作捷径。她首先提到一个老人的名字，"他喜欢偷摸我们。"

年轻护工不能掩饰吃惊的表情。

"看不出来？以前他就不正经，常常遭到护工的投诉。现在他的手抖得太厉害，从膝盖上抬起来也需要花时间，你可以在他摸到你之前先反抗，马上把纸巾、空水杯，或是有什么就拿什么，塞到他手里，出于条件反射他会握住。接着你把轮椅推开，推到边上，让他反省十分钟，其间只能看一面墙。这样可以教他懂规矩。"

资深护工又提到一个老人，他文质彬彬，带着知识分子的傲气，可是转眼间又会变成技巧最差的商人。"他和你聊天，总会推销给你四本书。不管一开始你们在聊什么，他会想方设法地把话题起码带到四本书之一，它们都是他在中年以前写的，我想是给他带来过一点名气。现在他希望你读一读。"

"这有好几次了。"年轻护工说，"就算我想看，但我搞不清是哪几本书，感觉他也不知道书名。你们平常都怎么办呢？"

"我们各有各的办法。"资深护工说，"像我，会随便谈点情节，说这里写得好，那段故事也不错，实际上都是我临时胡说的。作家说，'哦是吗？''你也这样觉得？'他害羞起来，也很受感动，眼中含泪地聊下去。你知道为什么？他压根不记得自己写过什么。他写的书，他后来在这儿的生活，他每天看的电视剧里的情节，不分真假地混在了一起。跟你说，瞎谈谈就可以了。别人的办法还有，拿来随便一本书，一个诊疗本，翻到空白的地方请作家签一个名，同样的，他认不出那不是他的书，甚至不太记得自己名字了，但怎么画出那抽象的一笔，手始终没有生疏。他从口袋里掏出签字笔，他总带着它，笔一挥，在这里签了成千上万个名。只要活下去，他还会继续签下去。"

"怪不得。"年轻护工一直以为每本诊疗本上大量出现的签名，是某位医生的。想起作家的处境，她又说，"真可怜。"

　　但是资深护工回答，"这要看你怎么看。"她再次轻松地拣起老人们的一些事情谈。滑稽，肮脏，失去控制，是老年人生活的必要配额，"应该理解呀，这就是人生呀。"她说。

　　"安太太……"她们后来说到了她。

　　"她拒绝那个。"资深护工说时皱起鼻子，她本已经相当明显的法令纹往上牵动，嫌恶的心情流露出来了。

　　"哪个啊？"

　　资深护工把头从撑住它的手上抬起来，看一看钟，它挂在墙上，随着她们说话，走到十一点多钟了。

　　资深护工算算时间说，"还有六个小时多一点，我们才下班。然后我们就换好衣服走出去，到那边去搭公交车，离开了。你想一想他们，他们不会。老人是因为老被送进来的，离开的唯一方法就是死。安太太，她拒绝这个结局。"

　　"但是，这……"年轻护工也皱起鼻子，她无意识地模仿同伴，有点难以置信，主要还是为愿望和现实之间的矛盾感到为难。

"摸人老先生和作家老先生也不想死，没人特别想死，但人们无可奈何地往前去。那才是正常的人。"

"啊，明白了。安太太，她想停在老和死之间。"

"就是这样。起码停了有二十年，我们害怕了。"资深护工坦率地说。

在安太太常住这里的许多年里，有几次人们以为她快要死了，她却从极度虚弱中恢复过来，几乎又达到了健康老人的水平。天气最好的时候，也就是温度高，风速小，气压1000百帕，郁金香与重瓣茶花围绕房子大肆盛开的季节，她又可以在房子前的散步道上散步。在走廊上，她驾驭电动轮椅经过时，别的老人分开一条道路给她先行。她由于在朝向死亡而去的传送履带上长时间不前进，使别的老人产生敬畏。她在这所满是将死之人的巢穴中长居，像一只寿命很长的蚁后，而成为大家的精神领袖。他们把综合活动室里最好的空间留给她，那里进出方便，而且正对电视机，他们在离开她一些距离的地方待着，宁愿有点挤。新入院的老人则轮流凑到她轮椅前的空地前，矮下身子，短暂地停留，他们在她耳边说出自己的名字，想认识她，得到她的祝福。

"她化妆就是为了这个。"资深护工用一只手虚遮住脸，五指微微张开，从上往下一比，"想保持以前的样子。以前的护工就说，她从不卸妆，每天晚上把旧妆再描一遍。"

她们的说话声音一句比一句低，头也越抵越近。年轻护工正要把她刚才见到的事情说一说，安太太嘴上的唇膏已经厚得像沼泽里的泥，这是不正常，起码也是不卫生的。

她刚起个头，话被一片异常的宁静截停。老人的小便声、咳嗽声、梦中的哼哼，房子里细碎的声响全部淹没在宁静里头了。紧接着宁静的，是她们头脑里起了轰的一响，眼前顿时大亮，年轻护工目睹她们两颗头的影子爬到了桌子上，影子迅速爬得很长，仿佛她们的头被摁进一台大的复印机里。她们两个往窗子方向一瞧，是今夜那枚硕大的满月移动过来了，它看来是专门为了照亮这所房子，贴得很近地悬挂在窗子外面。她们所听见的覆盖一切的宁静，是它靠近前的序曲，后面那轰的巨响，便是威风堂堂的金色月亮将它的全部月光照进屋子时弄出的声响，黑气已被它彻底击溃。

"从来没有见过这样的月亮。"资深护工喃喃地说，她的声音拖长了，语速放慢两倍。

她们都梦游一般站起来，金色的月光浸满了值班室，她们用慢动作靠近窗边，花上了在水里移动的力气，长发离开肩膀，在身后飘浮着，当她们把手搭在窗台上，距离月亮上的环形山只有一臂之遥。

但她们不敢贸然去碰，与月亮同来的有个难惹的伙伴，是一只黑色小鸟，它悬停在半空。

黑鸟在月亮和房子之间飞飞停停，现在它原地扇动翅膀，尾翼朝下地竖立在她们窗外的空气中。它有一掌大，身体强健，态度精明。黑鸟用两只眼睛看看她，接着偏过头看看资深护工，它来回地看她们。年轻护工想，它是借月光照明在做判断。鸟那样严厉地咕哝一声，翅膀幅度极大地开合了一回，飞走了。它飞到下一扇窗口，又往里面看。月光一定同时照亮了老人院里所有的房间，黑鸟搜寻着目标。

安太太整夜华丽地端坐，长袍曳地，丝绸在暗处细腻地发光。

今晚在年轻护工拿来药片盒子之前，草莓的芬芳已在嘴里转化为腐败的酸味。她记起了少女时代，首先惊奇于自己在遥远以前是另一副样子，时间把人变得连本人也不敢再相认。她又回想，以前吃草莓，曾经感到非常好吃吗？应该是的。果子以牺牲的精神，把新鲜果汁迸溅到口中，将酸与甜奉献给自己品尝。她记得那种感觉。她向面前的草莓求证，然而它们不再有感人的奉献，它们马虎地回应老人，在老人嘴里无所谓地死去了，使她倍感失望。她也不喜欢其他老人的吮吸声，听着恶心。所以她动一动手指，把轮椅驶离现场，吮吸声在那时暂停片刻，那是更为无用的人们对她廉价的致敬。等她回到房间，就品尝出了嘴里腐败的味道，草莓吃下去后连同吞噬它的身体正在一并腐败，她往嘴唇上涂了一层又一层唇膏，直到黏稠得抹不动。这之后，年轻护工来了，她在年轻护工的注视下，吞下药片。与此同时，她也留心观察年轻护工的反应。她看出来年轻人细洁的皮肤上起了疹子，身体颤抖，勉强维持着礼貌的表情，却飞快地走了。

后来关上了灯，就只有月色陪护她了。今夜月色皎洁，她在楼下活动室里就发现了，月光斜刺进窗户，晒在老家伙们的肩上、手上、头皮上，他们无动于衷。

每当这样的夜晚，以前的事情又会被她想起来。最近的作家先生已经变成拙劣的推销狂，但十年前或者十五年前他还没有犯糊涂，仍余留魅力，他穿从前做的考究的西装，大小有点不合适，身上喷洒浓香水，掩盖渐强的臭味。

初见的那天，作家先生蹒跚地走到她面前打招呼，因为别的老人指点他，必须要见住在这里最久的老人，他自己前一晚才入院，一笔中年以后准备起来的养老金将负担他住在这里的费用直至死亡。下午的活动时间，他来到她的轮椅旁，弯下腰，微笑着告诉她名字，并且自我介绍职业是作家。从他松弛的五官推断，他年轻时候长得漂亮，他的形象或许可以帮他把小说书多卖两成。他拉过一张椅子坐下，不等她要求，就自动掏出签字笔在纸巾上签名送她。

过了一刻钟，他们决定去户外散步。

她把手放进他的臂弯，他夸她走路还很稳健。他们在散步道上十分缓慢地绕圈子，当时是绿树成荫，鲜花刚好开放的季节。养老院的护工和学生义工，还有来这里用表演慰问他们的艺术家，以为他们在散步，但其实，既是散步也是比赛。当时与他们同在散步道上走着的其他老人，现在纷纷输了，倒下去了。

"你写的什么？"十年前或者十五年前的安太太问，

"有没有关于我们这样的生活？"

"有的，是我去偏远地方旅行时听当地人讲的传说，我把它写到一篇小说里了。"

"是什么？"

"当最大的月亮升起来，夜晚被照得很亮，这时候，小鸟充当耳目，一个个房间查找，找出最老的人。"作家一边喘一边说，"于是最老的人，尽管他以前努力藏起来了，还是被找到，并被杀死了。"

安太太笑故事荒唐，那时她的声带比现在紧致，笑声更长而有力。"是个不好的故事。"她说，"为什么结局是死？"

"不知道，总要有个结局嘛。"作家说完，跟着就喊累，请求回去坐下休息。

这些年来，安太太眼看作家更糊涂了，更虚弱了，名却签得还很流畅。在她看来，是作家一线尚存的生存毅力。

她渐渐在夜里不再睡觉，似乎把睡眠的额度用光了。她常警惕明月，然而，当过于明亮的满月突然悬于窗外，也并不吃惊，世上已没有什么事情能使一个非常老的人吃惊。月光凶猛地照进来了，冲击到身体上，她还想挣扎，四肢被月光按住了。一只传说中的黑鸟飞来，首先停在空气中，然后站上窗台，她听见它不可名状的献唱，原来是为自己送行。在强光中她最后的念头是，今夜的遗容是否美观。

月光退去，清晨又来。养老院的人第二天打开她的房门，她样子和每天早晨一样，坐在电动轮椅上整装待发，但在夜晚死于心脏骤停，已经去了另一个地方。人们不知道她最后的心情，他们都不曾那么老，没有那么长久有耐心地拒绝过死亡，因此不能足够理解她。

一个中性事件

　　我们坐在郊外草地上，身下铺一张牛津布防潮垫，草地光秃秃的，只有离得远看时，显出来欺诈性的绿，牛津布防潮垫上倒是印满鲜花，每个椭圆形花瓣中还塞着更小的鲜花，小花瓣里又塞着迷你鲜花，无穷无尽地小下去，直到人没心思看为止。我们像两份供品，摆在花桌布上。坐在这儿，对面是一条路，刚才我们正是从这条路而来。这时，没有人，久而久之才开过去一趟车，等引擎声消失，轮胎卷起的尘土也慢慢平复，我们又没东西可看可研究了，只好吃带来的蜜饯，还有薯条和汽水，打开播报即时消息的小收音机，一会儿坐着，一会儿躺着。

　　郊游由我朋友提议。本来无所谓出不出城，我们待在他家把窗关好，足不出户，也能将时间度过去，但一听他提议，我觉得还是那样办好。他收拾小东小西，我准备一点吃的，我们穿好鞋子立即出门了。

路上遇见不少同行者，这些人在离开家时似乎都没拿好具体的主意，只管坐上巴士往城外去，沿路看看再决定。先是到了可遛狗、可观赏飞禽，也可钓鱼的一条长河的边上，一名乘客犹犹疑疑地站起身，一群人获得启示呼啦全站起身，跟着他下车去了。下一站，有些人想起可在这个地方换车去北面的大学城，在学府中消磨一整天必是有意义的，于是也抛下我们走了。接下来总结不出什么原因，又有几批人相继下车。长线巴士轻轻松松，曲折往复，往地势较高的郊野驶去。沦为最后的乘客以前，朋友与我选择在这里下了车。

我们这些人纷纷离城，是因为树叶要掉下来了。

叶讯是在昨天深夜突然发布的，人们很诧异，没想到今年会提前，这要怪冷空气，它突袭后转眼又跑了，落叶的趋势却不能逆转。当时，很多人在看电视，无论看的是哪个频道，一切画面于一瞬间停下来了，金靴球员刚刚虚晃一枪正要抬脚劲射，男主人公伸着脖子与女主人公将吻未吻，政客嘴巴大张闪亮的唾液溅喷出来，然而这时他们的球、他们的吻、他们嘴里的政见，全被定了格。一个男气象员跑到电视上来了，不知怎么回事，电视中的空间层次惊人的多，他就站在原本的画面和我们之间，亲切地笑笑后，向大家说：根据夜里从林业监测局以及气象局得到的联合消息，树叶就要掉下来了。随即，他有条不紊地展开说明一些具体情况，与此同时，电视荧幕上出现会动的曲线和数据，对他话中的某些部分加以强调。气象员最后祝我们晚安，他抱歉似的，又好像要鼓励我们，结合两种意味点了一下头，凭空消失。停播的节目复活了。

我俩现在坐在秃草地上，就是因为这么回事。

树叶要掉下来了，在这里，是一件瞩目的事。我们讨论着今天是待在城里看景色的人多，还是像我们一样避开的人多。我们一会儿认为前者人多，一会儿又改口，由于谁也没有确定的意见，所以谁也不具立场，因此也不是在认真说服对方，谈谈只为虚度时间。

几年前，我刚从外地到这里，那年不像今年的情形，林业监测局和气象局一起发布了一个很从容的叶讯，使大家可以提早准备。那段时间我无论到哪里，总是听见人们说树叶要来了，树叶要从树上掉下来了，心想在秋天那不是常识吗。我并未认真收听新闻，也还没结交到朋友，无人可以交流。

有天下午，我走出房子，要去附近买加了很多冰的甜饮料，灌进炙热的喉咙、胃里，消除疲劳。我走到一座办公楼前，办公楼自带一个小广场，有些较高的方形花圃按一定规律建造在广场中，使人走进来后，不能一味直线行进，得像棋子在棋盘上左转转右转转才能走出去。这增添了消闲的趣味。花圃边沿有圈供人坐的长凳，我常买了午饭随便坐着吃，头上有大树亭亭如盖，光线，还有树叶受风吹拂发出的白噪音，都叫人很舒服。别的人，在办公楼里工作的，或是正巧路过的人也爱流连于此。在小广场的边边上矗立着一尊铜像，是一个神气的、在我们不知道的一件事情上得胜的人的形象，可能是一个革命家，要不就是一个理想主义者，他一手平举，伸出一指，直指前方，肩膀和手臂把身后的铜披风扯起来，像展开一半的鹰翼。我吃午饭时，假若视线中没有出现更好的东西，也常去看这神气的人，揣摩他究竟在指点什么。

这天没等喝到能振奋精神的甜饮料，我只是走到半途，就感到怪异。小广场上除了我没别人。这下想起来，刚才在来的路上几乎也没碰见人，由于我一心思考自己的问题，刚才并没太在意，现在回想起来，不但没什么人，仅有的几名路人也是匆匆跑过去的，更有一个妈妈拦腰横提着小孩，那小孩因受到颠簸手脚在舞动，如同正庆祝什么，妈妈带着小孩也疾奔而去。我伫立在小广场上，向周围看，迷惑不解。是不是改成明天再喝甜饮料？我记得这样想了。身体转向办公楼方向张望着，看见了仅剩的人，一个穿深蓝色长制服的保安正向我打手势，他平常在小广场上巡游，这时却缩在建筑物里面，把上半身从玻璃门里斜探出来，又在招手，又在摆手，又向四面八方乱指，我不得不也以零乱的身体语言询问他究竟在干吗。但只一忽儿，他不顾我了，整个人全缩进建筑里去了，几扇玻璃门关了个严严实实。

他一消失，我立时听见很大的声响。是野兔踩中陷阱，掉到一个深坑里，捕兽网兜头罩下来的声音。不，比这还要大。是小鱼游进三排利齿的大鲨鱼嘴中，密闭空间给予它的回响。不，还要大。是小虫子困在玻璃瓶里，听见人从外头敲打瓶子的声音。还要大。还要大。所有的树叶都掉下来了，所有的，不同树上，每一张。它们约好在一个毫秒内抛弃枝头，全部掉下来。叶之乌云骤然压顶，哗哗声磋磨双耳，无穷多而且相互间平等并不突出一个重点的碎片同时涌进目光中。——树叶是这样掉下来的。

幸亏我在全盘不慎中做对了一件事。我看到，碎片之中晃出来一点金光，认出那是铜像永不收回的手，它被穿透碎片的一线阳光照着，灯塔似的，标明庇护所。我紧急绕过两三个花圃，磕磕绊绊地朝它跑去，铜披风刚半遮在头上，脚已被越升越高的落叶吸住，一步也移动不了。就在刹那间，树叶全掉光了，头上又从黑暗中大放光明，但是，朗朗晴空下，流沙的声音紧跟着响起了。这是落叶开始由铺得高的地方向低处流动造成的，树叶相互协调，一直调剂到在全城的地上铺得平平整整才停下来，我受一股柔软而芳香的力量控制，身体被它推得东摇西摆，最后紧贴在铜像上。

人们花了一个钟头，从深及腰部的叶子中救出我。他们坐在一张可以在落叶表面费力移动的大筏子上，由远及近地靠拢过来，叫我别怕。一边刨挖，并填入支撑板防止附近的树叶塌进好不容易挖出来的洞里，他们一边告诉我，因为这儿的树木喜欢一起分泌大量脱落酸，也就是某种植物激素，导致树叶在同一时间掉下来。树有这种癖好，人既解释不了也管不了。

午后郊外的草地上，收音机中传出一首歌，朋友调大音量，不好的音质把歌咏四季、和平与爱的民谣撒在郊外。

刚才我们将每袋零食都拆开吃两口。揪着稀稀拉拉的野草说闲话。有一会儿，朋友仰天躺着，腿部屈出一个三角形，前臂盖住眼睛，睡着了。又有一会儿，我们端着手机，在附近走来走去，打一种在虚拟环境中捡拾宝物的游戏。最后，我们停下来重新听收音机。因为我们都喜欢这首歌。

民谣很长，还远未到结束的地方，声音被电台里的人慢慢调小了，低下去，成为若有若无的背景音乐。一位播音员插到音乐和我们之间开始讲话，我这才发觉电波和电视是一样的，也有容纳事物的许多层次。播音员向我们问好：大家下午好。

他听起来有点耳熟，很可能和昨晚电视上的气象员是同一个人。

午后的天气晴朗，一股小小的寒潮正在南下，水汽被驱散，空气干燥清新。播音员悠闲地一路说下去。过去几周，地面几乎没有落下的叶子，树木在积蓄能量，树叶渐渐进入休眠状态，脱落酸已经达到峰值。昨天夜里到现在，轻风微弱，树叶一直静挂枝头，具有良好的落叶条件。室外现在非常怡人，看来似乎无惊无险，不过，从现在起，请千万留在室内，预计不久后，树叶就将飘落。今年的落叶量将超过历年的平均数字。请诸位注意，请各位听众留心，请看管好猫狗，并保障财物安全。

播音员徐徐说着，我们仔细倾听。但到这里，他不说什么了，退出了音乐和我们之间的夹层。民谣渐响，不久唱完了最后一句。短暂的停顿。接下来是一首古典吉他，乐曲以较缓慢的速度演奏，用高音部的滑音演奏代替另一个版本中人的歌唱部分。再接下来，是一首小夜曲风格的吉他二重奏。

两把吉他的十二条弦轻轻弹拨，它们从电台出发，弹到我们郊外，我们身边的空气也仿佛起了波动。播音员适时又插到音乐前边，原来他藏身在神秘的电波中并未离开，这时提示性地说道：小鸟。随即又让我们听音乐。

听他这么说，朋友忙从防潮垫的鲜花中坐直身体，我也坐起来，立刻我们全站了起来，紧张地向远处眺望。视线越过小路，银项链般的长河在下面横躺，再远一点是我们离开时依然花繁叶茂的小城。小城呈圆形蹲在那儿。我们刚摆好观望姿势，一大群会动的东西从城中腾空而起，并暂留在空中长达几秒。叽喳声穿破空气，连远处的我们也听到了。是一群离巢的惊鸟。空中的鸟群在整体上保持和小城一样大的圆形，譬如烧菜时颠一下锅子，菜飞起来后留着锅的形状。直飞到再高一点的地方，鸟在空中辨明了方向，接下去便按各自的喜好散开。一会儿圆形瓦解了，鸟飞了个干净。

我们定在那儿，眼睛来不及追踪鸟的去处，又见一阵有形状的灰尘喷射到城市上空，那是重物掉落下去后由地面弹起来的。灰尘聚合成蘑菇云，但更像凌空浮着一只大水母，水母一张一翕，越游越稀薄，也消失了。于是我们知道，在此过程中，城中的树叶全掉落了。收音机里，播音员将我们的猜想复述出来，缓缓道：树叶掉了下来。仍然如此，听不出他的心情，开心或是伤感。而且这一次说完，他是真的抽身离去，此后只剩什么人的一只手在电台里没有穷尽地播放纯音乐和歌曲给我们听。

朋友和我搭乘末班车回城，夜越来越深，巴士的车头灯剪开夜色。一站一站地，人们重新回到巴士上，游览过大学城的人，在长河边消闲的人，把车厢逐渐填满。似乎是车头灯剪破黑夜遭受到一股阻力，车子轻颠着，大家全都昏昏欲睡。

半路我醒来一次，发觉巴士停在路边，我们是为了避让由对面开来的一大队卡车而停下的。一位交警正站在我们的车窗下，晃动一根跳闪着红绿双色光的指挥棒，控制场面。重型卡车两部两部轰隆隆地并排开过去了，这是一支规模庞大的车队，不知道已开过去多少辆车，探出头向它们驶来的方向一看，也瞧不见队尾。每辆卡车后面载满落叶，目的地是建在远郊的专门的处理工厂。

我关好车窗，叶子一落下来，秋天可真的来了，这时的气温不同于白天。不久车窗因内外温差变得模糊，除我以外，人们全在恬静中熟睡。

今天下午，具体时间大约是在空中升起来圆形的鸟群之前，朋友又一次问我，他是依着我所来的世界的习惯而问：究竟喜不喜欢本地的这种事？这种事，我们知道它既是美的，又造成不小的麻烦，你很难定论它的好坏，即使再加以琢磨，它仍是一个中性事件。人应当如何看待中性的事呢？或许旁观时要非常随和，谈到它时则要非常谨慎和不偏不倚。我和久居此地的人们的态度渐渐相近了，因此没能回答朋友的问题。

星际迷航中的一件小事

在旧石器时代，一个夏天午后，有个古人，也就是说一个早期智人，他从山洞里徐徐走出。这人已经成年，在他扁平的脸上，眉脊最为突出，其上的眉毛有两指粗，下巴处则围绕一圈浓密胡须，它们直长到耳朵边上，和头上的脏发连成一气，种种毛发相加，可以想象，他感到炎热。他出洞以后，举目看了看日光中绚烂的蓝天，便行走起来。这人的腿短，但手臂十分长，垂在大腿外侧，摆动时不住摩擦围在腰间的一块兽皮。今天不捕猎，可以享受悠闲，早期智人在路上采了一根长草茎，一路用手指捻动，走到阴凉处时，则把它衔进嘴里吸吮。后来他衔着草百无聊赖地蹲下来，手腕就拖到了地上，他伸出手去，那手日常做的事包括向猛兽投掷兵器、剥皮切肉，还曾在前一天长时间地打磨过石器，此时他捡起一截枯树枝，未及多想，就在面前的泥地上囫囵画了一个图形。是一个圈。

早期智人久久地端详圈圈，直到汗水从皮肤上渗出，蜿蜒向下爬行。在他身边，红红白白的鲜花开得正好，不但这一刻好看，而且预示着未来会有好事发生——到了秋天，花谢的地方将长出酸甜的果实，供他和族人食用。这时几朵小花正从绿叶中探出身，几乎戳到他臂上，他小心地摘下一朵，放进泥土上画出的圈圈里，并用手指顺一个方向拨动，五瓣的小花花蕊朝天，在圈子里面缓缓又匀速地旋转起来。

"要是这么转动，产生凉风，吹破这恼人的夏日就好了。"在粗犷的外表下，早期智人的心是很浪漫的。于是，通过他和现代人容量一样大的头脑，关于电风扇的构想，第一次诞生到了地球上！

可惜，在那时迈克尔·法拉第还未发明电动机，尼古拉·特斯拉也没发明交流电，两者都要再过10万年才出现。由于早期智人的想象超前他所在的时代太多，而超前太多的事物缺乏立足之地，他与他的想象因而被忽视了。不过，假如今天我们诚实地再做一次问答：谁是第一个想出电风扇的人？答案就在旧石器时代某个夏天午后，正是那位嚼草摘花的毛茸茸的年轻人。

　　写好最后一句，编撰师从头到尾阅读几遍，改正错字。他将文件存放在共享文件夹里，关上了电脑，他自己这里本来静悄悄的，然而，前后左右敲打键盘和讨论业务的声音一缕一缕流过来，填平了安静的洼地。

　　编撰师不是什么都编，他目前的职务是"事物的起源"编撰师，在编的词条是"电风扇"。在这间开放式的大办公室，横平竖直的诸多格子间里，还坐着他的同事们，大家都是"事物的起源"编撰师，大家被分派到词条，多数人独立工作，好几个人合编一个重要词条的情况也常发生。最近，所有人集中编撰的是家庭用品方面的词条，在"电风扇"之前，他刚编了"洗碗机"和"庭院自动喷灌系统"。

　　"庭院自动喷灌系统？就是装在院子地底下的，平时喷头缩在草坪下面，到了设定好的时间，就升到草坪上面，向四面八方洒水的那种装置？"他问老板。当时他们正在讨论新工作，这个词条引起他的注意。

"是啊。你没用过那个吗？"老板问。

"我出生的地方多雨，后来一直住在高层公寓，然后就到了这儿。"他说，"会有人想知道喷灌系统的起源？"

"嗞——"老板不理会他的问题，把上下牙并起来，舌头抵住齿间小缝，使喉咙颤抖，模拟水滋到空中的声音，同时一只手亲热地扶着他的肩，另一只手伸在他们面前，像那里有一幅蓝图，而他要扫去上面的灰一样，把手从左到右一抹，"想想看那个声音，嗞——，也许会带给你灵感。"

"有了！一个失聪的人，最初在学习说话时，很多音都发不准，他天然就能发得最好的是'嗞'这个音，后来他长大了，靠勤劳工作拥有了一个带庭院的家，他发明了庭院自动喷灌系统，因为他最喜欢通过助听器听到'嗞'的声音。好几个喷头同时喷出雾状的水，喷在修剪得平平整整的昂贵的草地上，也喷在精心搭配的灌木丛中，嗞——嗞——，每当这时，他感到自己站在了安全的地方回望那很不容易才度过的从前……"

他还未把临时想出来的点子全部说出来，老板赞许地拍拍他，一边倒退着远离他的工位，一边指着他说："就这样，就这样！想得好，想下去！"老板退开一些距离后，熬得非常憔悴的脸反而能看个清楚了，他原本发黑的脸色上不正常地蒙了一层灰白，双颊在短时间内深凹进去，使无所适从的皮肤只好往下垂荡。老板大睁着血红的双眼，忙着找其他同事聊工作去了，还要编撰的词条非常多，他去鼓励每个人。

这是在编撰公司每天上演的一幕。

各行各业都有头脑简单的人，在这里也一样，某些同事常为一个词条冥思苦想上好几天，闹到要加班的地步，但对于他来说，工作不困难，他总能随手拾取一些精彩的点子，很快就给自动喷灌系统、洗碗机编造出故事。在编撰健康与卫生方面的词条时，又为某种疫苗，在编撰食品方面的词条时，则为某款汉堡——他为各种事物编造出有关于它们的起源故事。

现在，他想着刚完成的"电风扇"，并自然地联想到楼上。其他部门在别的楼层办公，到了明天上班时间，楼上的插画师们将打开共享文件夹，仔细研究多位编撰师已经写好的文本，会有人负责给"电风扇"配图。插图不需要很多幅，一点点画面，就能为词条提升可信度，信的人多了，自然怀疑它虚假的人就少了，人们从这些词条出发可以重建对世界的共识。他有自信，从自己的文本中，插画师可以挑来表现的细节有很多，比如早期智人叼着草茎啦，手指拨弄小花啦，既可以把他画得像一个爱玩蚂蚁的脏小孩，也可以使他的形象更接近一头犯傻气的乡村野兽，就看画的人的审美了。自己为插画师打下了很好的基础，他们可以共同创作出一段微缩的人类文明简史，不是吗？想到这里，编撰师感到满足，感到今天的工作是值得的。他整理好工作台，坐着，方方正正的公文包摆在膝头，如此忍受疲劳和付出耐心地等了一会儿，响起了一阵下班铃。

编撰师随同事走出办公大楼，刚走到两边都是商务楼的街道上，一缕金红的夕阳晃过他身体，朝前奔逃得无影无踪，在那之后，非常突兀的，天色暗了下来，直到他摸黑靠近车站时，路灯才齐放光明，行人便又能自如地做各种事。

这个复刻的城市和地球上一模一样，但造得仓促，很多地方没布置好。他觉得，从黄昏到黑夜的过渡，这一部分制作得尤其生硬，每当黄昏布景卷到一个大圆轴上，同时黑夜布景替代它被猛地在人们头顶铺好，装在隐秘处的齿轮就传出类似磨牙齿的、叫他心里发酸的声音。并且相当明显的，灯光控制系统也很成问题，从早到晚要出好几次照明事故，像刚才那样把人们抛进黑暗里。虽说粗粗一瞥，到处和地球上一样，但一切都经不起细看，一切都得忍耐。再比方说，在编撰师上班的地方，建筑物背面就全是漏洞，那是把材料优先用在了建筑物正面，尽量维护它外观体面的缘故。而当他现在来到中央车站，四面的广告牌虽然一派热闹，可只消再看两眼，就会发现广告语全读不通，句子是由一些零碎的字无序地拼接起来的，当中随兴地点缀着标点，也就是说，那是一些假话，仅用来装饰环境。

所有地方先暂时性地建设出大概的样子，等着人们一点一点地去修改、去补充。这全因为他们搬来得匆忙。但日后这里肯定会变好，晨昏交替会流畅，齿轮会得到保养，建筑物背面将会完工，广告牌上将贴上真广告，到那时候，这里就是逼真的家乡。

编撰师和他的同事们也在奋力弥补错误。原本搬到这颗适宜人类居住的外星球后，他们要干的工作不是这个，可能是老师、记者、秘书、小说家以及三流小说家等等，本应该分散到各种行业中去，但现在他们被集中起来，为曾经的一次事故改变了职业轨迹。

事情发生在半路上，就在人们从地球出发，朝着新星球飞来的途中。

被用来运载移民的是一艘很大的宇宙飞船，每个移民随身携带生活用品登船，能为未来生活提供舒适或安抚感的便携式交通用具和小型家具也被允许带着，同行的还有猫狗、小鱼、小马等宠物。移民飞船之外，有多艘星际搬运飞船。人类今后将要共享的物质财富、植物种子、各种动物的雌雄成年个体和它们的冷冻胚胎、大型工业设备、精密的科研设备、医疗器械、农业器械，以及浓缩能源等等，分门别类，每样装在一艘星际搬运飞船里。另有若干巨型战舰为全体护航。所有飞船整编成大部队，按照编排顺序和计划路线，在太空中移动。

地球，这颗蓝色星球被抛弃在飞船尾部的舷窗之外，越变越小，由小到无。当最后再也无法看见它时，人们也就停止回望，投身更为瑰丽的宇宙深处。很快，宇宙的无限大给飞船上的星际移民们留下这样的印象：即使前方有明确的目的地，我们也像在做漫游，因为我们微不足道，人类文明微不足道。这一印象在敏感的人的心头进一步延伸了，对从前在地球上认定的事实，他们不由得从不容置疑到产生了一种松弛感，感到此时前后左右难分，真假虚实难辨。

飞船大队在新星球的航空港着陆。先遣的工程师们已经把这里建造得初具规模，让人们顺利地安顿好。这时统计飞船数量，骤然发现少了一艘！

装载字典、百科全书、人文社科和自然科学书籍的一艘较小的飞船，在不知不觉中与飞船大队失散了，没有入港，直到这时才发现。这不合理。因为移民飞船上的人类肉眼和高科技仪器全都没发现它脱队。它是擅自偏离航线，不小心迷失，还是被不可知的力量挟持？它是渐渐地消失，还是突然不见了？它在哪里失踪，现在又在哪里？谜团又大又深。

统管星际搬运有个总负责人，他以下还有好几个次一级负责人，运书船的直接负责人可以说是一个极其大胆的家伙，然而发生了此事，即便是他也在很短的时间里流下大量冷汗。抵达新星球两个小时后，召开了紧急会议，此时，运书船负责人仍然浑身湿透，起初他沉默不语，后来听到一条方案后开了口，明确反对把希望寄托在探测器上，他认为要把造价高昂的探测器省着用，也许星球周围还有陌生的事态要靠其应付，而发射到太空搜索一艘小船，是不明智的，是浪费。同僚反问他，不去找飞船又该怎么办，人们不能追溯文化根源，必然产生的空虚感和文明断裂感要如何处理呢？在一瞬间，运书船负责人换上了狰狞的表情，他说："我们编吧！"

每个人都被他的无耻震惊了，眼睁睁任他往下说："没有文化根源，我们便去创造。重要的是建设一种文化认同，重要的是埋下一块从现在起人人可以信赖的基石，只要找到这个起点，人类文明就可以在这里，从今天起继续往前进步。请把这项工作交给我吧，我将立刻组织一批人开始编撰工作！"

他说话时，人们从他的无耻中认出了真诚，听完他一席话，他们发觉既可以继续骂他胆大妄为，但也可以夸他大智大勇。并且，航行中的感觉重回心头，当时无人不感到失去了地球上的容身之地，迷失在宇宙不清不楚的规则中，那么，这一刻谁能断定他的见解在新天地里是不合理的呢？在宇宙的范围中，人们对于什么是合理又了解多少呢？想到这里，人们认为没有资格呵斥他。

运书船负责人的建议被默许了，他积极地大干起来，成立公司，制订工作章程，他诚觅英才，不断地去拜托本来将分流进各行各业的人改行来当编撰师、插画师，他从昔日的星际物流专家，克服不知多少困难，化身企业老板，一心扑到重塑人类起源的事业上，领导员工编撰了许多词条。

编了"电风扇"和"庭院自动喷灌系统"的编撰师，正是老板最倚重的员工之一。现在，随着工作有条不紊地进行下去，编撰师看出，他们这群人赢得了敬意，人们甚至赞美某些词条比从前意思还好、可读性高。这可能是因为在编瞎话时，所有人不由自主地放进了感情，希望它们有趣味，能鼓舞大家在新的星球上有精神地活下去，为此，牺牲地球上的事实也不可惜。

编撰师乘了几站电车回到家，妻子在做一些杂务，就像外面有很多地方还没建设好一样，家里也需要整理。他们的幼子在铺着人造草皮的后院中赤脚玩耍，编撰师拉开通往小院子的门时，小孩并未发现，仍然背对着他蹲成一团，浑身很脏，手指在地上戳来戳去，像个小原始人。他偷偷靠近，一把从后面抱住，亲吻小孩的脸和脖子，闻他身上来自地球的味道，他边亲他边模糊地问，"你在干什么？"小孩只以咯咯的笑回答他。

星际迷航中的另一件小事

"他们在那里干什么？"走近飞船尾部时，指挥官问他的助理。

大约有一百个人面向飞船尾部弧形的大玻璃，人太多了，分站成几排，最前面的人有些把手掌贴在玻璃上，脖子往前伸，所有人都认真地看着飞船外黑黑的太空，叹气似的彼此轻轻说话。

"在看地球。"助理回答。

"现在的距离是看不到的，我们已经做了空间跳跃，到了宇宙另一个地方。这些人不知道吗？"

"那么容许我换个说法，他们在'思乡'。"

"哦，这样就明白了。"指挥官说，他敲敲一个思乡者的肩膀，"请让让，让我们过去。谢谢！"

两人有礼貌地穿过人群。地球现在甚至不在那个方向，但他们仍站在最后一次见到它的地方，阻塞交通。

数百个小时前，地球正是在这面玻璃后面越变越小。人类世世代代居住的蓝色小星球，遭到遗弃时，已经失却了灿烂，凋敝枯零，它越变越小，直至消失。当时有更多的人站在这儿，与它挥别：永别。故乡、祖国、母星！由于宇宙中的参照物那么奥妙，所以攀上人们心头的感觉很古怪，说不清是自己正在离开地球，还是地球正在离开自己，感觉更像是有双巨大的手在玩翻绳游戏，人类和地球都在这个游戏中，本来靠在一起，哪料大手一翻弄，就将双方分开了。他们当时错觉，是不是那手再随便翻一下，双方又能合起来？

或许不止思乡，还带着以上错觉，才使人们喜欢来这儿站着，期待某种奇迹。这些离乡背井的人啊，指挥官在心中感叹。

指挥官自己没空看向身后，他操心现在，瞩目前方、未来。他的职务全称是：星际移民指挥官 D。

他们这支星际移民飞船大队，预计将在二十个月后着陆新星球。起初在它突破地球大气层，刚刚跑进星际空间时，一些人自豪于飞船矩阵的规模够大，气势磅礴。不是么，前后左右全是自己的飞船。仅在一刻钟后，同样的这批人认清了更重要的事实：它相比无垠的时空，是多么弱小，接近于无。这也是人们没胆子朝前看，而是集体回望地球的原因之一。

指挥官与思乡者们乘坐的这艘飞船，位于飞船矩阵核心，它是一艘庞大的移民飞船——作用是运载移民及移民的个人物品。在移民飞船四周，是数量众多的星际搬运飞船——作用是运载公共物品，登陆新星球后，人们要共享的设备和资源被分门别类地装在这种飞船上。还有若干战舰警觉地飞在矩阵外围——它们为所有飞船护航。不同功能的飞船组成星际移民大队，最高统帅是这位指挥官。此时，宇宙中另有多位指挥官，指挥官 A、指挥官 B、指挥官 C 等等，各率领一支星际移民大队，朝向其他遥远星系中的某颗行星进发。每个目的地都经过严密论证早被定好了，并在多年以前，就由先遣施工队克服奇险去那儿，搞起了基础建设，只等多数人抵达，先过潦草的生活，再照计划完善新世界。人类不集合在一处，而是被编组在不同的星际移民大队去太空开枝散叶，为的是均摊风险。

放在以前，离开家乡去征服另一片土地的人被称为什么？

指挥官边走边在记忆中检索。是了，"马背上的男人"。

现在和以前的差别是非实质性的，一个地方资源耗尽，人们就搬到新的地方，不过是改骑马为驾驶星际飞船，路远一些。另外的不同是，以前跨上骏马前去开疆拓土的都是强者，是真男子，而现在，他们是一支打折扣的游牧民族，队伍中有普通人、懦夫、多愁善感以及精神萎靡的人，都在看地球呐！他没得挑，得带着他们穿越茫茫星辰，投奔人类的未来。

移民飞船近似一颗卧着的巨蛋，主要空间被生活舱所占，生活舱是比整颗蛋略小的一颗蛋，卧在飞船正中，十五万人以个人或家庭为单位居住在生活舱里。指挥官与助理在大小两个蛋形之间的夹层走，就这样绕过了飞船胖大的尾端，把看地球的人留在身后——他们麻木不仁，没有谁对指挥官表示出特别的敬意。指挥官与助理继续往飞船浑圆的中部走，接着往飞船尖尖的头部方向走去，他们在飞船内顺时针绕行巨大的一周，做一次巡视。他们感觉到，在自己右手边，那白颜色的、薄而硬的生活舱的舱壁里面，充满来自地球的气息，它还未失效，生动而且危险。

指挥官一路沉默不语，把巡视也当成散步，他在走路中找寻灵感，以便做一个重要决定。合理而重要的决定。

舰桥位于巨蛋头部尖尖的地方，指挥官由飞船底部再顺一道长梯爬上去，终于回到那里时，感到一丝疲惫。他是分散在宇宙中的所有指挥官中最老的一个，他从很小起就知道星际移民是人类唯一出路，可以说他毕生都在为此做准备，到了真实地执行起来时，身心双方面却已经容易劳累了。

在指挥官出去巡视的时间里，下属按他要求找出了全部罪犯，共计一千三百余人，制作成花名册，此时在透明的浏览器上播放给他看。这些人共同的罪名是"持有过多物品罪"。

"这么多人。"指挥官坐进他专属的椅子里滑动页面，他浏览花名册，每页一名罪犯：姓名，年龄，脸，超规物品的种类、数量，以及简单的犯罪事实描述。"这么多人。"他再次说道，并加快了手指滑动的速度，让罪犯们像是坐在一趟列车上，从眼前驶过去。

收到第一例犯罪报告，还是在刚出发不久，随后越来越多的报告呈上来，他的内心逐渐不安，现在统计出罪犯总数，意味着，船上每一千个人里就有八个人偷偷携带超过规定体积或重量的物品登船，犯了持有过多物品罪。这数字超出了他刚才在巡视途中做好的心理准备。

指挥官向他的团队征询，该怎么办？

舰桥里面共有九名高级官员：舰长暨指挥官 D 本人，陪同他巡视的指挥官助理，此外是副舰长、领航员、战略分析员、通讯官、医疗官、科学官、行政官。指挥官以下，马上分成了势力均等的两派。他们都暂停手边工作，把椅子转向指挥官，或者是走到他旁边，陈述自己的理由，就地研判处理方案。九人以外，其他一般的工作人员还有十几位，则在继续工作的同时竖耳倾听。在舰桥前方，是飞船下一秒要到达的空间，客观来说，他们这些领导者始终要比生活舱里的十五万人，更比在飞船尾部遥想落后文明的一百多人早一步到达前方。他们做出的裁决，也先于后面的人所知地，诞生在这个宇宙中。

抵达新星球的航程遥远，飞船运载那么多人，这不轻松，相当于把一个小型城市的人口浓缩在小罐头里，带去长途远征，并保证罐头不坏。为了飞船升空和着陆安全，也为了在航行中人人可以公平地分享极度有限的空间，移民局在非常早之前就做过核算，每个移民只准许携带一定体积和重量的东西登船。他们被要求签署知情书、承诺书。签名前，移民局反复劝慰大家：不要遗憾了，等到了新星球，一切都可以重新建设起来，我们携带了工业设备、农业设备、科研设备、原材料，都装在搬运飞船上，一到就安装好，你想要什么，不久可以重新生产出来，你可以把东西重新买回你在新星球上的家，把它装扮得和地球上一样。而每次说到最后，移民局不忘警告人们：宇宙不是法外之地。从地球到新星球，宇宙的路上，司法解释权归于一人，由他裁定什么行为威胁航行、如何惩戒罪犯。他是你们的指挥官。

此时，有四名高级官员向指挥官主张惩戒。

他们强调，那一千三百多人是知情的。"他们每一个都知道，每多带一点东西，就会让所有人增加一份风险，至少也是一份麻烦。他们还是要多带。他们靠不住。"年轻的领航员坚决地说，未来二十个月，六百多天，有很多意料不到的问题要面对，这里危险莫测，一旦需要所有人结成共同体对抗危险，他们很可能不服从领导，自己瞎拿主张。

"趁现在应该先收拾一下。"他说。

"收拾他们？"反对他的医疗官问，"你是不是误以为我们是货运大队，在运送一批动物？"

"这太荒唐了！"

"航行的纪律要求我们……"

"我赞成，但也要考虑……"

每个人都表态。突然之间五个人同时在说话，还有三个人等着发言。只有指挥官没有任何表示，他疲倦地看着大家。

这阵骚乱后，行政官掌握了发言权。这人中年，半谢顶，他的举止总是给别人相当生活化的感觉。他站着，手扶别人椅背开始讲他太太时，气氛就变好了。他说他太太差点成为一千三百人之一，她很爱保存东西，喜欢与东西建立感情。登船前太太与他不愉快，他们在考虑带什么行李时，起了分歧，太太想带很多，并且央求他作为本船的高级管理人员想点办法，疏通疏通，最好从哪里挪出一些行李份额给自己家庭用。"我当然说不行，这触犯法律。"行政官脸色一沉，但接着他再度以在派对上闲聊的口气说起来。他的太太近几十年都为日益狭小的空间苦恼。她起点好，出生在一所大房子里，度过了无忧无虑的少年时光。随后地球的拥挤程度不断加剧，大房子分割成数个小房子，住进来陌生人。二十岁以后，当她走入婚姻时，也就彻底地走出了较为宽松的居住环境，婚后与行政官住的地方还不如小时候家里一间游戏室大，而且此后每经历一个阶段，就不得不扔掉一点旧东西，为新的生活必需品腾地方。特别是在他们有了一个孩子后，她的个人物品不断为孩子的东西让位，尽管在他看来她仍有很多东西。动手整理登船行李了。太太一再精简，逐渐丢掉了心爱的纪念品，其中包括她从少女时期就开始写的几大本日记本、她以前去热带旅游带回来的木雕艺术品、她的不知塞满了什么的小筐子小匣子、没有缝在衣服上却也很喜欢的小花边、照片、明信片、儿子两岁时的丑画、儿子四岁时参加黏土比赛得的第六名铁皮奖牌。她先是丢掉立体的东西，接着连最薄的纸张也只好一页页丢弃。合上两只小皮箱，太太极其忧伤地说，我是个没有纪念品的人了。他劝解几句，她反而哭起来，哭着继续说，没有了，我一生没有纪念品了。他哄她，别这样，要么你看看孩子，他是我们最好的纪念品。还有我，我也是你的纪念品呀。

不知怎么的大家在此听了一段家务事，听到这里，都问，"太太被说服了吗？"

　　"有一瞬间，我以为她被我的幽默说服了。有时候一件事在发展到一个地方的时候，它马上是要往左一点，还是往右一点，你是分不清的。你们有这种感受吗？"行政官说。

　　"有啊，现在就是啊。"大家说。该如何处理罪犯，他们还不知道呢。

　　"结果并没有说服。她到今天为止都很不快乐，她十分理解思乡者，如果你们注意一下，在飞船屁股上虔诚遥望地球的人们，数量在增加，她有时也想加入，因为她理解他们想念过去的心情。她应该也能理解那一千三百个犯了罪的人。地球已经完了，迁徙是必须的，我们有正当理由叫大家抛弃一些累赘物品，安全地上路，这是说得通的。可惜的是，尽管她认同这种做法，这却也伤害了她的感情，她不会原谅理论上是对的、但是伤害了感情的事情——不幸我们正是领导这件事的人。"

　　行政官话音落下，舰桥里响起一声叹息，是一名普通工作人员，他在较远的地方一直兴致勃勃地听他们讲话，从仪表盘上闪烁的小灯中间他叹了一口气。除他以外，其他人也都感到为难，现在他们承认犯罪者有犯罪者的情感，犯罪者也有犯罪者的理由。怎么人在脱离地球后，依然会感到左右为难呢，照道理，从飞船出发的各个方向上都有星体，这里已经失去了上下左右的意义，人该抛弃地球上的陈规旧习，摆脱重重制约，判断事情非常果决才是。

"确实情有可原。那么，"战略分析员清了一下喉咙，"也许我们不要处罚所有人，我们来看看……"

大家都就近在手边的终端上查阅。指挥官也又去滑浏览器，设置了新的排序方式，这下，他们之中持有物品最多的人出现在了花名册第一页。

是一个女人。照片看来四十几岁，一看资料，果然是。长得不美不丑，不像罪犯。职业是保险业务经理。阅读犯罪描述，上面写她在飞船出发前，趁拜访客户之便，向他们推销此次星际移民的人寿险、健康险、财产险等各种险种时，提出私下的非法交易，她付给他们一笔在新星球上可以使用的钞票，而他们相帮她携带东西，有五十几人受到蛊惑，除了本身要带的东西外还为她超额携带行李，他们也被计算在这一千三百多人的名单里，正是追溯他们的犯罪源头才找到了花名册头号大犯罪家。每人超额的量不多，巧妙地超标一点儿，企图低调过关，但是加起来的总量很是惊人，她通过这种方式成功地带上五人份的行李投奔新世界。

指挥官从舰长专座中站起来，他是怀着一种职务强加给自己的使命站起身来的，如同怀中抱了一块巨石，因此动作一顿一顿地，缓慢地脱离椅子，最终伸直了身体。人人分享了由他身上传出的沉重感，他的团队核心成员不再争论，看着他；一般的工作人员从仪器之间，或者是操作台后面抬起脸，也默不作声地把目光投向这位年迈的指挥官。

遵照命令，大犯罪家的个人舱被从生活舱里分离出来。个人舱，人们也叫它蛋舱，它是很小的一颗，白白的，形状和移民飞船、生活舱一致，是它们的微缩版。生活舱里密密麻麻地容纳了十万颗蛋舱，尺寸有大小，这样小的住个人，比它大一丁点儿的住家庭。现在，独独她的蛋舱被从其中拖出来，摆在代表集体的巨型生活舱旁边，两者大小悬殊，比海王星不小心滚到了太阳边上形成的对比还要强烈。

"吃过东西吗？"指挥官走进大犯罪家的舱室后首先笨拙地关怀她。实质上他看到她吃过午饭了，托盘放在这颗小蛋外面的地上，是空的。

说指挥官是走进去的，这个说法源于地球习惯。舱门移开后，露出一个小洞，他是用近似于爬的姿势把腰弯得很低钻进去的，在飞船上，每个人进入任何一颗蛋舱都得这么办。舱门合上了，指挥官在舱室内重新展开身体。这里太小，拥挤不堪，只有中间略微高，他再往任何方向走一步，头就要敲到弧形的舱壁，因此他站定不动。他感到自己来到一间太空时代的因纽特人造的雪屋。蛋舱里面也是白白的，从地面延伸出一些材料，形成少数几件家具，一张小桌，一把小椅子，都与舱室连成一体，不可移动，另外，有一个长条形的东西从地面凸起来，是床。大犯罪家垂着头坐在床上，脚踩着地，双手无力地掉在大腿上，她情绪不好，或许已和别的罪犯们交流过，也或许指挥官的某位下属出于同情向她透露了什么，她知道命运不妙。他们一站一坐，她在指挥官面前正是一副受审的姿势。在他们周围，舱壁上架着许多搁板，放满了她超额携带上船的物品，现在她的从犯都还给她了，仿佛在开一个犯罪成果展览会。超额物品也混乱地堆积在床上，她就坐在那些衣物、鞋子、化妆品，也就是证据中间。她听见问话，抬头看了看指挥官，嵌进舱顶的灯把她平凡的脸均匀地照亮，她头发好乱，没有彻底地分成两半垂到脸两边，而是在脸上斜粘着几缕，她觉得没有拨开的必要。

"不太吃得下。"她说，"可是也吃了。"

她再次垂下头，乱发又遮住了脸，这时指挥官看清她没穿鞋，穿着棉袜的脚在拨弄一块厚地毯，她在床前铺了一块小地毯，使这里变出了一些地球上的家居氛围，指挥官鞋子的前掌部分也踩在那上面。就是因为带了这些，她才犯了罪。指挥官随她玩地毯，充分地等了一会儿，才尽量和缓地说，"女士，我决定判决你。"

"因为我做错了？但是因为什么就做错了呢？我被从大舱里拖出来后坐在这里思考，我想不通。人都珍惜财富，不是吗？搬家时想多带一点东西，可以理解吧？而且我们不是去新世界吗，发给我们的宣传单页上印好了一个美丽家园，地方也大，房子也好，能源也可以永远地开采出来。我们不是为了生活得更好才去新世界的吗，可给我的感觉为什么这么糟？不顾人的感情，没有尊重，强制剥夺财产。"女人闷闷地在自己的头发后面说。

"道理说过的，为了公平和安全。"指挥官说。

"……连几件衣服也不许带，要求我们抛下在地球上积累的好东西，答应会再生产给我们，但是到了那里，在新世界真的就更好吗，许诺过的事情都可以一件一件实现吗？一切会不会是骗人的呢？我现在后悔了，不应该来，请把我送回去。"她一开口就不顾指挥官，只是说自己的一套。

指挥官本想和她再说说道理，重申移民局的观点，他张了几次嘴，想在她的说话当中找出缝隙插入，但都失败了。而且他意识到，如果逐一反驳她的话，接下来她只会把自己带偏，带到一种男女各执一词的家庭化的争论里去。他要谈的是责任、规则，而她要抒发的是感情，他们谈不拢。他以前曾经熟悉这种对话模式，因为他也有过家庭，后来出现问题，现在没了。他已经很久没能体验这种不会前进的原地消磨人精力的对话，如今意外地在一名犯罪分子身上重温了，以后他也不知道何时以及再去哪里可以重温。因此他一方面被弄得疲劳了，可也感到亲切，要说留恋此刻也是可以的。不过在片刻之后，他不得不打断她了，再一次说，"女士，我来是要判决你。"

趁她闭嘴，他立刻判决她因持有过多物品罪流放太空。女人身上起了一阵战栗，她半张开嘴抬起头，原先那几缕粘住脸的头发这次掉了下去，于是她整张惨白的脸暴露出来，表情是惊愕不已。判决之重，她没料到，她原以为不过是没收财产加上几年囚禁。

人们在太空仍使用地球 24 小时制的计时方式，在这天傍晚，指挥官的声音突然响彻飞船，他向全体做了一次广播。自航行以来，这是他的首次广播。他简单地宣读对一个犯罪情节特别严重的罪犯的判决，宣读完毕，人人以为接下去最高掌权者总要再说些什么，起码为下达的重判做一点辩解，但是他没有。随即，像一条大鱼往海洋中娩出一颗鱼卵，大犯罪家的个人舱从移民飞船上弹射了出去。

蛋舱洁白的外壳上亮着灯，它优美地一边自转，一边扑进黑暗世界。站在飞船尾部的思乡者们看这一幕看得非常清楚。最前排有人不能自已地"啊"了一声，放下贴在大玻璃上的手，后退半步，犹如他从梦中醒来，发现在看恐怖片，于是想和银幕拉开一些距离。他后面的人也便随着他的动作往后稍稍移动了，人群发出琐碎声响，打破了小团体刚才凝望地球的静态画面。

他们看到，遭流放的蛋舱，先是短暂地停在飞船后面，而后整支星际移民飞船大队无情地掠过它，它孤悬于荒凉宇宙中，转瞬之间被抛弃了。

小行星 18418Durio，新历三年，夏季。

大多数人如果不仔细想，会以为还身在地球，而且是回到了年轻的地球上。移民局没骗人，新星球地方大，空气好，资源新鲜并充足。房屋造起来了，产业链拼接完成，失去的东西重新生产出来并被人们带回家，新的爱情注入这些家，婴儿们从这些家庭里诞生了。一切在极短时间内重归秩序，真是一次漂亮的星际移民。变化也是有的。那就是人们曾经深信过的事实、观点、概念，到了这儿由于某种原因，许多发生了变形，变形后覆盖住了从前的思想，从前在地球上怎么以为一件事情的，现在竟有点想不起来。但飞了那么久，到达新世界，这点误差允许有。

这天中午，指挥官把车停在一条街道上。他穿便服，开一辆中档车，他下车后辨认一下四周，这片住宅区的房子宽敞，有简洁的轮廓线，呈一字型，或 L 型，带庭院。他刚要走动，附近人家的自动喷灌系统恰好定时开启，向草坪上喷水，他听见了细密平和的噪音：嗞——嗞——。他走起来了，用的是一个容易疲惫的老人散步的速度。

如今确切来说，他没有官职，没人拿走它，但也无处体现它。飞船大队自停进航空港，就一直停着，巨蛋傲立其中。那天，由高耸入云的塔架上伸出一根粗管，一头刺入巨蛋外壳，接着刺入生活舱，立即将其中的蛋舱连续不断地吸进管子里，再通过粗管另一头把蛋舱滚进运输线，移民们带着行李一气呵成地登陆了。最后一颗蛋舱吸走了，工作人员对船体做终极检查，关闭一切开关，撤离了移民飞船，指挥官自那时失去了他的舰桥。

他继续走，从这儿看不见航空港里闲置的飞船。有时人们会在路上碰到列队呆立的一群人，那是望地教，教徒主要就是当年那批思乡者。由于地球已太远太远，看地球这一事实在太抽象了，他们因此将巨蛋视为地球化身，每天花一定时间向其方向凝视，人们只要顺着怅惘的目光就能确定巨蛋所在。指挥官在这段路上碰到了两个望地教的人，他们静止不动，脊背与道路延伸的方向形成一个非直角，面朝人家的房子，面朝被障碍物遮住的巨蛋和心中的母星。他没有试图让两人让路，他不穿指挥官制服的样子很平淡，一个高大稀松的老人罢了。他谦卑地绕过他们。望地教的人没有注意他。现在，大家差不多都忘记这个人了吧。

一年多以前，超讯系统把几则消息传到小行星18418Durio上，是另外两支移民大队发生叛乱的悲讯。两件事的发生地相隔千万颗星辰，经过却很相似，像后来的一笔精心地描在前面一笔上：首先是漫长的航程动摇了人心，移民变得压抑、多疑，经常质问指挥官，不断地要求长官们解释此行的目的并确保安全性，不久移民中分裂出两组意见，继续航行和返回地球。持后一种意见的人们拥立代表，行为由谈判开始升级，以冲击舰桥和夺取战舰控制权告终。从两名通讯官留下的记录，再加上飞船自动记载的数据来看，两队的结局是，一支被叛民劫持，如今全体失踪；另一支损伤严重，破船们飘零为宇宙浪人，永永远远地偏离了目的地。稍后，第三支队伍的下落紧跟着前两支传来了：人们受某种外星文明攻击，死了。在远方苦等的三支先遣施工队，遂成为荒星孤儿。

暂且知道这么多，这不意外，新世界建立在牺牲上，不慎的牺牲，鲁莽的牺牲，必要的牺牲，概率上的牺牲，必须有人牺牲。未来会得到更多消息，许多是坏的，想必有一些是好的。总有其他人在别的星球上也实现了移民计划，以后技术更发达时，大家可以相互拜访。

18418Durio上的移民听说太空一下子吞噬了近六十万人类，顺便葬送了搬运飞船里装得满满的农作物种子、动物胚胎、工业农业科研设备、书籍与唱片，他们只替自己庆幸，生活的热情更高涨了，他们几乎不为别人惋惜，也没什么人对指挥官心存谢意。因为别人越是倒霉，自己幸存下来的幸福感越在这险恶无边的宇宙中突出了。这就是人心，顾不上别的。

指挥官和他的同僚得到了孤独的胜利。星际移民这场亡命之旅，完成它除了靠幸运，也有他们不被重视的努力，他们要在很长的一张试卷上一刻不停地做难题，直到最后一题都没出错，才换来现在的结局。他很满意。

指挥官继续走，今天是去赴约。几天前难得地收到一张明信片，邀他去做客。他没想好，他在附近走走，觉得自己随时可能改变心意，也许走到门口就会走掉。但是，他毕竟慢速度地移动到了要去的房子前，按响了门铃。

一张熟悉的脸出现在打开的门后，那是一张女人的脸，普普通通，特点是她的嘴一张就将说出使他心烦但也愿意听下去的话。她剪了新发型，她向着门外笑起来了，竟然是十分好看的。在女人身后，指挥官已经看到，房子里塞满形形色色的东西，她还是那么喜欢拥有杂物。现在这不会让她有送命的风险，现在他也用不着半爬着进去判决她了。

真的，他谨慎处理每一件事，一题都没有答错，他是宇宙间一个卓越的领袖，现在要走进去做客了。

图书在版编目(CIP)数据

小行星掉在下午 / 沈大成著. —— 桂林：广西师范
大学出版社, 2020.1（2022.3重印）
ISBN 978-7-5598-2314-4

Ⅰ. ①小… Ⅱ. ①沈… Ⅲ. ①短篇小说 – 小说集 – 中
国 – 当代 Ⅳ. ①I247.7

中国版本图书馆CIP数据核字(2019)第239059号

广西师范大学出版社出版发行

　广西桂林市五里店路9号　邮政编码：541004
　网址：www.bbtpress.com

出 版 人：黄轩庄
特约编辑：张诗扬
责任编辑：雷　韵
内文制作：李丹华
封面设计：山　川
书衣绘画：龙　荻
全国新华书店经销
发行热线：010-64284815
山东韵杰文化科技有限公司　印刷

开本：787mm×1092mm　1/32
印张：9.25　字数：122千字
2020年1月第1版　2022年3月第8次印刷
定价：54.00元

如发现印装质量问题，影响阅读，请与出版社发行部门联系调换。